Herzfieber
Du gehörst zu mir

Jacky Rome

Herzfieber

Du gehörst zu mir

Loewe

Die Deutsche Bibliothek – CIP-Einheitsaufnahme

Rome, Jacky:
Du gehörst zu mir / Jacky Rome.
– 1. Aufl. – Bindlach : Loewe, 1999
(Herzfieber)
ISBN 3-7855-3354-3

Dieses Buch ist auf chlorfrei gebleichtem Papier gedruckt.

ISBN 3-7855-3354-3– 1. Auflage 1999

Lizenzausgabe für Loewe Verlag GmbH, Bindlach
Umschlagkonzeption: Karin Roder
Umschlagfoto: Silvestris Fotoservice/Kerscher
Gesamtherstellung: Wiener Verlag, Himberg
Printed in Austria

1. Kapitel

Kerstin war noch mal ins Wasser gegangen. Es war so heiß heute, dass sie dringend eine Abkühlung benötigte. Jörg hatte keine Lust gehabt. Er war an ihrem Liegeplatz geblieben und sonnte sich.

Am Becken hatte sie Peter getroffen, einen Jungen aus ihrer Klasse, mit dem sie sich gut verstand. Weil morgen die letzte Mathearbeit vor den großen Ferien anstand und Peter ein Mathegenie war, hatte sie sich bei ihm noch schnell einige Tipps geholt. Das hatte natürlich gedauert.

„Nett, dass du mal wieder kommst! Ich dachte schon, du seist untergegangen“, sagte Jörg mit unüberhörbarem Vorwurf in der Stimme, als sie sich wieder zu ihm auf die Decke setzte. Sofort griff er nach ihrem Oberschenkel.

Sie schob seine Hand weg. „Du sollst mich nicht immer antatschen. Kannst du denn nie an etwas anderes denken?“ Unwillig zog sie die Stirn kraus.

„Du kannst ja wieder zu Peter gehen. Glaub nur nicht, dass ich euch nicht gesehen habe! Du hast bestimmt eine halbe Stunde mit ihm geflirtet“, warf Jörg ihr vor.

„Hab ich nicht. Wir haben über die Mathearbeit gesprochen“, verteidigte sie sich.

„Pah! Das kann jeder sagen. Peter ist doch schon lange scharf auf dich. Glaubst du vielleicht, ich wüsste das nicht?“

Jörg war sauer und zeigte es deutlich. Er warf sich auf den Bauch, vergrub den Kopf in der Armbeuge und schmollte. Darin war er groß. Dabei hatte Kerstin doch gar nichts getan.

„Du brauchst nicht jedes Mal beleidigt zu sein, wenn ich mit einem anderen Jungen rede“, sagte sie trotzig. „Du machst immer einen Aufstand, als wäre sonst was passiert.“

Er drehte sich langsam auf den Rücken. „Warum spielst du dann bei mir das Blümchen-rühr-mich-nicht-an?“

„Tue ich ja gar nicht! Ich kann es nur nicht leiden, wenn du mich immer angrabschst. Wir unterhalten uns überhaupt nicht mehr. Du willst immer nur schmusen und all das“, beklagte sie sich.

Er setzte sich auf und sah sie beleidigt an. „Na und? Sind wir befreundet oder nicht?“

„Klar sind wir befreundet! Aber deshalb kann man sich doch mal unterhalten. Immer nur knutschen ist doch langweilig.“

„Ach ja? Dann muss es an dir liegen“, stieß Jörg zwischen den Zähnen hervor. „Andere Mädchen finden das nämlich nicht.“

„Ich bin eben ich“, trotzte Kerstin. „Es ist mir egal, was andere Mädchen gut finden …“

Jörg ging ihr auf den Geist. In den letzten Wochen verstanden sie sich nicht mehr besonders gut. Jörg hatte wirklich immer nur das eine im Kopf. Kaum sahen sie sich, fiel er auch schon über sie her. Eine Zeit lang hatte sie das gut gefunden und gern mitgemacht. Aber so langsam wurde es ihr zu viel. Vor allem, weil Jörg sich nie mit ihr unterhielt. Außerdem war er schrecklich eifersüchtig. Das mit Peter eben war das beste Beispiel. Sie durfte sich nicht einmal mit einem Klassenkameraden unterhalten, ohne dass er es ihr vorhielt.

Wie er sie ansah! Richtig böse. Seine blauen Augen waren kalt vor Wut.

„Wenn es dir nicht passt, können wir ja Schluss machen", sagte er wütend. „Du kannst dich ja von Peter trösten lassen!"

Jörg war so laut geworden, dass alle, die in der Nähe saßen, ihren Streit mit anhören konnten. Das passte Kerstin nicht. Vor allem ein Junge, der mit einem attraktiven Mädchen nicht weit entfernt saß, hörte höchst interessiert zu. Sie kannte ihn vom Sehen. Er hieß Dirk und arbeitete in der Jeansboutique, in der sie manchmal einkaufte. Sie hatte ihn aber auch schon in der Disco gesehen. Dirk war älter als sie, das wusste sie. Bestimmt war er schon zwanzig.

„Kannst du nicht ein bisschen leiser reden?", bat sie Jörg.

„Warum denn? Ist dir wohl peinlich, wenn man hört, wie kindisch du manchmal bist?"

„Ich bin überhaupt nicht kindisch. Du *bist* kindisch!", warf sie ihm vor. „Sonst würdest du nicht jedes Mal durchdrehen, wenn ich mit einem anderen Jungen rede."

„Bilde dir nur nichts ein!"

Jetzt war sie sauer. Und nicht zu knapp. Zuerst machte Jörg sie an, und dann sollte sie sich auch noch seine Vorwürfe anhören.

Trotzdem – irgendwie mochte sie ihn immer noch. Sie hatten viele schöne Stunden miteinander verbracht. Jörg konnte sehr lieb sein, wenn er wollte. Das Problem war nur, dass er so eifersüchtig war, und dass er niemals etwas anderes von ihr wollte als Sex.

„Komm, lass uns aufhören zu streiten", bat sie versöhnlich. „Das bringt doch nichts."

„Finde ich auch", stimmte er zu. Aber er hatte nichts von dem verstanden, was Kerstin ihm sagen wollte.

Das bewies er, indem er sie auf die Decke drückte und sich halb auf sie legte, um sie zu küssen .

„Ich will jetzt aber nicht!“, wehrte sie sich. „Außerdem schauen uns alle zu.“ Das stimmte. Auch Dirk sah zu ihnen rüber und grinste.

„Lass sie! Wir gehen doch miteinander, oder nicht?“ Jörg nahm einen neuen Anlauf.

Jetzt reichte es Kerstin aber! War er taub oder was? „Du sollst damit aufhören!“, sagte sie heftig und stieß ihn von sich.

Er stand langsam auf. „Okay, okay“, murmelte er verbittert. „Ich werde dich in Ruhe lassen, und zwar für immer. Schließlich habe ich es nicht nötig, um einen Kuss zu betteln. Es gibt zahlreiche Mädchen, die nur darauf warten, dass ich sie küsse.“

Kerstin fand dieses Argument unheimlich doof. „Dann geh doch zu denen“, empfahl sie ihm grimmig. „Aber pass auf, dass sie sich nicht mal mit einem anderen Jungen unterhalten! Am besten, du sagst ihnen gleich, dass das verboten ist, wenn sie mit dir befreundet sein wollen.“

„Du kannst mich mal!“, erklärte Jörg wütend. „Steh auf, damit ich meine Decke mitnehmen kann. Ich geh jetzt. Sieh zu, wie du nach Hause kommst.“

Sie hob ihren Po, sodass er die Decke darunter wegziehen konnte. Trotzig blieb sie sitzen. Sie dachte gar nicht daran, wieder nachzugeben. Jörg hatte sie lange genug geärgert.

Er stopfte die Decke in seinen Matchsack. „Das war’s dann wohl“, sagte er, nun doch ein wenig unsicher geworden.

Kerstin nickte nur. Sie presste die Lippen zusammen und verkniff sich jedes weitere Wort. Wahrscheinlich war es besser so. Sie hatten sich in letzter Zeit sowieso nur noch gestritten.

Als er dann tatsächlich ging, sah sie ihm mit leiser Wehmut nach. Sie wusste genau, dass diese Auseinandersetzung der Schlussstrich unter ihrer Freundschaft war, aber sie unternahm nichts, um Jörg zurückzuhalten.

Kerstin saß auf ihrem schmalen Handtuch und hatte die Arme um die Knie geschlungen. Sie dachte darüber nach, dass sie nun keinen festen Freund mehr hatte. Das tat ein bisschen weh, aber sie würde es überleben. Das mit Jörg war ohnehin nicht das Wahre gewesen. Es gab schließlich noch andere Jungen!

Gegen fünf stand sie auf und packte ihre Sachen zusammen. Weil Jörg sie sitzen gelassen hatte und mit seinem Roller davongefahren war, musste sie den Bus nehmen, um nach Hause zu kommen.

Sie trottete missmutig zum Ausgang und ärgerte sich. Die Busfahrerei war lästig, vor allem, wenn man es gewohnt war, auf dem Roller spazieren zu fahren.

Sie schlenderte zur Bushaltestelle. Unwillig studierte sie den Fahrplan. Sie würde zwanzig Minuten auf den nächsten Bus warten müssen …

„Na, Kerstin? Machst du so ein Gesicht, weil dein Freund dich sitzen gelassen hat?"

Sie drehte sich nach der Stimme um. Dirk saß in seinem schwarzen VW-Cabriolet und lehnte sich über den Beifahrersitz. „Steig ein! Ich fahre dich nach Hause. Das mit dem Bus ist ja wohl auch nicht das Wahre, oder?"

Unschlüssig blieb sie stehen. Peinlich berührt rief sie sich in Erinnerung, dass Dirk den ganzen Streit mit Jörg mit angehört hatte. Deshalb grinste er wohl so anzüglich.

„Ich fahre mit dem Bus“, sagte sie, aber es klang nicht überzeugend.

„Warum denn? Wir haben fast den gleichen Weg. Ich weiß doch, dass du auch beim Zoo wohnst.“

„Woher willst du das denn wissen?“

Er lachte. „Ich hab dich ein paar Mal gesehen, als du mit deinem Freund auf dem Roller gefahren bist.“

„Ach so!“ Sie stand immer noch wie angewurzelt auf ihrem Platz, obwohl es recht verlockend war, zu Dirk in diesen aufregenden Wagen zu steigen.

„Nun komm schon!“, ermunterte er sie.

Sie stieg ein.

Dirk legte einen Kavaliersstart hin. Mit quietschenden Reifen fuhr er los.

„Von mir aus kannst du ganz normal fahren“, sagte sie schnippisch. „Mir imponiert so was nicht.“

„Du bist ganz schön keck“, meinte er lächelnd. „Dabei solltest du doch am Boden zerstört sein.“

„Wieso denn?“

„Na, weil dein Freund dir den Laufpass gegeben hat. Oder irre ich mich etwa?“

„Erstens geht dich das nichts an, und zweitens hatte ich sowieso keine Lust mehr“, verkündete sie.

„Ach nein? Aber was macht ein kleines Mädchen wie du so ganz ohne festen Freund auf der Welt?“, zog er sie auf.

Kerstin zog wieder die Stirn kraus. Dadurch reckte sich ihre kleine Nase ein wenig nach oben. Das sah lustig aus und machte ihr Gesicht noch hübscher, als es ohnehin war.

„Ich bin kein kleines Mädchen“, erklärte sie ihm

wütend. „Spiel dich nur nicht auf, nur weil du ein paar Jahre älter bist als ich und schon einen Job hast!“

Er lächelte sie von der Seite an. „Das würde ich nie tun“, behauptete er ernsthaft. „Aber dein Streit mit deinem Freund war reichlich kindisch, finde ich.“

„Ach ja? Warum denn?“

„Weil ihr beide trotzig wie kleine Kinder gewesen seid.“ Kerstin lehnte sich in ihrem Sitz zurück. Sie genoss die Fahrt und hatte keine Lust mehr, sich die Freude daran durch dieses komische Gespräch nehmen zu lassen. „Können wir vielleicht über was anderes reden?“, bat sie.

„Aber gern. Über was würdest du denn gern reden?“

„Weiß nicht. Ich kenne dich doch nicht.“

„Das lässt sich ändern. Man kann sich kennen lernen.“

Sie konnte ihm schlecht sagen, dass sie sich nicht vorstellen konnte, dass er etwas an ihr fand. Dirk war nicht irgendein Junge. Er sah blendend aus und wirkte auch im Kreis seiner Clique ziemlich erwachsen. Das lag wahrscheinlich daran, dass er im Gegensatz zu den meisten kein Schüler mehr war, sondern bereits Geld verdiente. Aber Dirk stand auch im Ruf, ein Aufreißer erster Klasse zu sein. Kerstin gab zwar nicht viel auf Gerüchte, aber an diesem speziellen musste was dran sein. Immer, wenn sie ihn in der Disco gesehen hatte, war ein anderes Mädchen bei ihm gewesen. Sie wusste auch, dass Nelli seine derzeitige Flamme war.

„Warum sagst du denn nichts? Hat es dir die Sprache verschlagen?“, fragte er mitten in ihre Überlegungen hinein.

Wenn sie sich nicht blamieren wollte, musste sie etwas sagen. „Warum hast du eigentlich deine Freundin nicht nach Hause gefahren? Sie war doch mit dir im Schwimmbad", fragte sie. Es interessierte sie wirklich.

„Nelli meinst du? Ach, weißt du, mir geht's wahrscheinlich ähnlich wie dir mit deinem Freund. Nelli geht mir auf den Geist."

„Und dann lässt du sie einfach sitzen?"

Er grinste. „Ja, stell dir vor! Einfach so. Genau wie dein Freund es mit dir gemacht hat."

Die Parallele behagte ihr nicht. „Ich finde das ziemlich gemein", erklärte sie. „Außerdem ist es blöd, dass ich von dir nach Hause gefahren werde, während deine Freundin zusehen kann, wie sie heimkommt."

Er spielte an seinem Autoradio, bis er einen Sender mit Rockmusik gefunden hatte. Erst dann antwortete er ihr. „Ich finde das überhaupt nicht blöd. Ganz im Gegenteil: Ich fahre dich sehr gern nach Hause."

Diese Worte musste sie erst verdauen. Sie wusste nicht, was sie davon halten sollte. Sie musste sich in Erinnerung rufen, dass Dirk den Ruf eines Playboys hatte.

„Du brauchst mir keinen Honig um den Bart zu schmieren", sagte sie nach einer Weile. „Ich glaube dir das nicht."

Er schaltete in den vierten Gang und gab Gas. Eine lange Gerade lag vor ihnen. Der Tacho kletterte auf über hundert Sachen.

„Du solltest mir aber glauben. Ich finde dich nämlich ganz okay. Vor allem, wenn man bedenkt, dass du eigentlich fast noch ein Baby bist." Sein Lächeln nahm seinen Worten die Schärfe. Er schien es nett zu meinen.

Trotzdem protestierte Kerstin. „Ich bin fast sechzehn", erklärte sie wütend. „Alt genug, um dich zu durchschauen."

Jetzt lachte er. „Jedenfalls bist du nicht auf den Mund gefallen ...“ Er sah sie von der Seite an. „Und du bist ausgesprochen hübsch. Aber das hat dein Freund dir bestimmt oft gesagt.“

Sie senkte den Kopf. „Eigentlich nicht“, gestand sie verlegen.

„Nein? Dann ist er ein Stoffel. Geschieht ihm recht, dass du nichts mehr von ihm wissen willst.“

Mit leisem Bedauern stellte Kerstin fest, dass sie fast bei ihr zu Hause waren. Sie waren schon am Zoo vorbeigekommen.

„Du kannst mich hier rauslassen“, bat sie. Ihre Mutter musste ja nicht unbedingt mitbekommen, wer sie nach Hause brachte. Das würde nur eine Fragerei ohne Ende geben.

„Wohnst du da?“

„In der nächsten Querstraße. In einem dieser gelben Blocks.“ Sie deutete in ihre Straße.

„Dann fahre ich dich bis vors Haus.“

Noch bevor sie protestieren konnte, bog Dirk in die Seitenstraße ein. „Welcher Block ist es?“

Sie standen bereits davor. „Der!“, antwortete Kerstin einsilbig. Wenn ihre Mutter in der Küche arbeitete, hatte sie sie bereits gesehen. Das Küchenfenster lag zur Straße hin.

„Danke fürs Nachhausefahren. Das war sehr nett von dir.“

Sie wollte schon aussteigen, als er sagte: „Ich würde dich gerne wieder sehen, Kerstin. Was hältst du davon?“

Erstaunt drehte sie sich zu ihm um. „Ich weiß nicht. Warum?“

Er lachte. „Warum wohl? Weil ich dich nett finde.

Ich würde gern was mit dir unternehmen. Gehst du gern ins Kino?"

„Kommt drauf an, was für Filme gerade laufen."

„Aber wenn es die richtigen gibt, gehst du dann gern ins Kino?"

„Ja, dann schon."

„Morgen Abend?"

Sie überlegte. Das ging ihr einfach zu schnell. „Nein, morgen geht es nicht. Ich hab schon was vor."

„Dann übermorgen?"

„Ich weiß noch nicht. Tschüss erst mal. Vielleicht sehen wir uns zufällig mal wieder."

Sie stieg sehr eilig aus und warf die Beifahrertür hinter sich zu, ohne sich noch einmal nach Dirk umzusehen.

Als sie auf den Wohnblock zuging, in dem sie und ihre Eltern wohnten, merkte Kerstin, dass ihr Herz klopfte. Das fand sie seltsam.

Sie fuhr mit dem Lift in die sechste Etage des Wohnblocks. Unterwegs dachte sie über die Begegnung mit Dirk nach. Dirk war recht interessant, gestand sie sich ein. Aber er hatte einen Ruf, mit dem sie nicht klarkam. Sie schätzte Playboys nicht besonders. Außerdem war Dirk ziemlich arrogant. Er bildete sich wohl einiges auf sein Aussehen und seine Wirkung auf Mädchen ein. Im Übrigen hatte er ja selbst gesagt, dass sie in seinen Augen noch fast ein Baby sei!

Sie schloss die Wohnungstür auf und hoffte, dass ihre Mutter sie mit ihren Fragen verschonen würde.

Aber die kamen wie ein Bombardement. „Weißt du eigentlich, wie spät es ist? Besteht das Leben für dich nur noch aus Vergnügen? Wo warst du überhaupt den ganzen Nachmittag? Denkst du niemals daran, dass du mir helfen könntest? Was war das für ein Junge, der dich nach Hause gefahren hat?“

Als Antwort auf diese lästigen Fragen, die teilweise schon handfeste Vorwürfe waren, murmelte Kerstin eine undefinierbare Entschuldigung und versuchte, in ihr Zimmer zu entkommen.

„Ich habe dich etwas gefragt“, hielt die scharfe Stimme ihrer Mutter sie zurück.

„Was denn?“, fragte Kerstin unwillig, obwohl sie jede Frage ihrer Mutter genau gehört hatte.

„Ich will wissen, wer der Junge in dem schwarzen Auto war. Er ist doch garantiert viel älter als du.“

Kerstin antwortete widerwillig:

„Das war Dirk. Er hat mich vom Schwimmbad nach Hause gefahren, weil er hier in der Nähe wohnt.“

Ihre Mutter stemmte die Hände in die Taille. „Und warum nicht Jörg? Warum hat Jörg dich nicht nach Hause gefahren? Er hat dich doch abgeholt.“

„Er musste früher gehen“, behauptete Kerstin.

„Und woher kennst du den Jungen mit dem Auto?“

Kerstin stöhnte leise.

„Mein Gott, ich kenne ihn doch gar nicht. Nur vom Sehen. Wie man sich eben so kennt.“

„Und dann steigst du einfach in sein Auto?“

„Mutti! Er hat mich nur nach Hause gefahren. Was ist denn dabei?“

„Du kannst nicht in jedes Auto steigen!“, ereiferte sich ihre Mutter. „Woher willst du denn wissen, dass der Junge in Ordnung ist?“

Kerstin gab es auf. Gegen ihre Mutter kam sie einfach nicht an. „Kann ich dir noch etwas helfen?“, fragte sie und hoffte, dass das leidige Thema damit vom Tisch kam.

„Du könntest endlich die Güte haben und dein Zimmer aufräumen. Es sieht aus wie eine Räuberhöhle."

„In Ordnung!", stimmte Kerstin zu. Sie verdrückte sich in ihr Zimmer, das ihrer Meinung nach kein bisschen unordentlich war. Es war genau so, wie sie es mochte – richtig gemütlich.

2. Kapitel

„Gehst du heute Abend mit ins *Domicile?*“, bedrängte Kerstin in der kleinen Pause ihre Freundin Susi.

„Ich weiß es noch nicht. Große Lust habe ich eigentlich nicht, so mitten in der Woche“, antwortete Susi.

„Ach komm, sei doch kein Frosch! Warum denn immer nur am Wochenende?“ Kerstin ließ nicht locker. Seit zwei Tagen juckte es sie. Sie wusste nämlich, dass das *Domicile* die bevorzugte Disco von Dirk war. Dort hatte sie ihn schon einige Male gesehen.

„Warum willst du denn unbedingt ins *Domicile*? Das ist doch ein öder Schuppen!“ Susi wunderte sich. Sonst gingen sie meistens ins *Blue Star*, weil die Clique sich dort traf.

„Ich finde das *Domicile* gar nicht so öde. Wir müssen ja nicht immer im *Blue Star* rumhängen“, widersprach Kerstin.

Susi war noch nicht eingeweiht. Sie wusste weder, dass sie und Jörg Schluss gemacht hatten, noch hatte sie eine Ahnung, dass Kerstin ziemlich oft an Dirk dachte. Weil Susi und Kerstin aber dicke Freundinnen waren, merkte Susi natürlich bald, dass etwas im Busch war. „Du bist überhaupt so komisch in letzter Zeit“, stellte sie mit misstrauischem Blick auf Kerstin fest. „Heute Morgen zum Beispiel träumst du nur.“

„Nee, das tue ich nicht. Mir geht nur das Wetter gegen den Strich. Seit zwei Tagen regnet es, und man kann nicht mal mehr ins Schwimmbad gehen“, wich Kerstin aus.

„Man kann aber was anderes machen. Zum Beispiel könntest du mich mal wieder besuchen …“

„Das ist schwierig. Es ist so weit bis zu dir raus.“

„Früher bist du auch gekommen. Fährt Jörg dich denn nicht mehr?“

Kerstin schüttelte den Kopf. Sie beschloss, Susi einzuweihen. „Nein, tut er nicht. Wir haben vorgestern Schluss gemacht.“

„Und das sagst du mir erst jetzt?“, beschwerte Susi sich. Normalerweise hatten sie keine Geheimnisse voreinander.

„Ich war mir selbst nicht sicher. Aber nach zwei Tagen weiß ich genau, dass ich mit Jörg nichts mehr am Hut habe.“ Das war die Wahrheit. Nur zwei Tage hatte es gedauert, bis sie ohne Probleme an die hinter ihr liegende Freundschaft denken konnte. Dann tat es nicht mehr weh, und das Bedauern wich einer gewissen Erleichterung. Jörg hatte zu viel Druck auf sie ausgeübt.

Susi musste das gemerkt haben. „Ich finde, das ist nicht schade. Ihr habt sowieso nicht zusammengepasst“, sagte sie.

„Vielleicht. Jedenfalls ist jetzt Schluss. Es ging nicht mehr. Jörg hat es selbst so gesehen.“

„Keine Probleme?“, wollte Susi mitfühlend wissen.

„Nein, jetzt nicht mehr.“

Die kleine Pause war vorbei, und sie mussten ihr Gespräch, ob sie wollten oder nicht, auf später verschieben. Stattdessen konzentrierten sie sich auf den Sozialkundeunterricht. Der war wenigstens halbwegs interessant.

In der großen Pause kam Kerstin auf ihr Anliegen zurück. „Gehen wir nun ins *Domicile*?“

„Wenn du unbedingt willst, dann gehen wir eben, auch wenn ich nicht weiß, was du dort willst“, stimmte Susi halbherzig zu.

Kerstin beschloss, es darauf ankommen zu lassen. Vielleicht traf sie Dirk in der Disco, und wenn er sie dann ansprach, konnte sie Susi immer noch sagen, warum sie unbedingt in diesen Laden wollte.

„Man muss auch mal Abwechslung haben", suchte sie nach einer halbwegs glaubhaften Erklärung für ihre Freundin.

„Stimmt auch wieder." Susi nickte. „Was ziehst du an?"

Das *Domicile* war feiner als das *Blue Star*. Die Garderobenfrage warf also gewisse Probleme auf. Vor allem in Hinblick auf ein mögliches Treffen mit Dirk, der immer toll angezogen war. Kein Wunder, er arbeitete schließlich in einer Boutique.

„Ich weiß nicht", stöhnte Kerstin. „Ich könnte dringend mal wieder was Neues brauchen. Aber meine Eltern sind auf diesem Ohr taub."

„Genau wie meine", stimmte Susi in das Klagelied ein. Es war hart, um jede neue Jeans betteln zu müssen.

„Wir sollten versuchen, in den Sommerferien einen Job zu bekommen. Dann sind wir beide schon sechzehn. Müsste doch klappen, oder was meinst du?" Kerstin hatte schon oft an die Möglichkeit gedacht, ihr mehr als dürftiges Taschengeld durch einen Job aufzubessern. Aber außer Babysitten war nichts zu machen, wenn man noch nicht sechzehn war. Und das brachte nur ein paar Mark in der Stunde – kein Verhältnis zu den Preisen für eine gute Jeans.

„Ich glaube, ich zieh einfach meine schwarzen Jeans und ein Shirt an. Das sieht immer noch am besten aus von allem, was ich habe", grübelte Kerstin laut.

„An dir vielleicht. Du hast ja tolle Haare, ein schönes Gesicht und eine gute Figur. An mir ist die Kluft zum

Sterben langweilig“, beklagte Susi sich. Dabei war sie genauso hübsch wie Kerstin, nur fand sie das selbst nicht.

Susi und Kerstin gingen in die neunte Klasse der Realschule und hatten noch eineinhalb Jahre vor sich bis zur mittleren Reife. Danach wollten beide eine Lehre machen, um möglichst bald ihr eigenes Geld zu verdienen. Denn vor allem Kerstin wurde von ihren Eltern sehr kurz gehalten. Sie hatte nur sechzig Mark Taschengeld im Monat, und das reichte ihr hinten und vorn nicht.

Auch sonst verband die beiden viel Gemeinsames. Sie hatten beide Probleme zu Hause und fühlten sich unverstanden. Zum Glück hatten sie sich gegenseitig. Wenn eine mal nicht weiterwusste, half die andere ihr aus dem Schlamassel. Manchmal waren es nur ihre langen Gespräche, mit denen sie sich gegenseitig beistanden.

„Ich glaube, ich lasse mir die Haare abschneiden, wenn ich mal wieder Geld habe“, überlegte Kerstin laut.

„Spinnst du? Ich wollte, ich hätte so lange Haare wie du.“

„Aber sie sind langweilig. Kein Mensch hat mehr lange Haare. Ich möchte so einen lustigen kurzen Schnitt, du weißt schon, mit einem ganz stoppeligem Nacken ...

Susi schüttelte entsetzt den Kopf. „Das kannst du doch nicht machen! Kein Junge wird dich mehr angucken.“

Kerstin war ganz anderer Meinung. Sie war sicher, dass ein Typ wie Dirk nicht auf lange, glatte Haare stand. Er war immer so topmodisch angezogen und trug die Haare selbst sehr kurz. Bestimmt war er der Meinung, sie sähe aus wie eine langweilige graue Maus. Aber diese Überlegungen behielt sie für sich. Noch wusste sie nicht, ob es sich lohnte, mehr als oberflächliche Gedanken an Dirk zu verschwenden.

„Also dann, bis heute Abend! Wir treffen uns um halb acht vor dem *Domicile*", sagte sie zufrieden, als sie sich von Susi verabschiedete. Sie hatte erreicht, was sie wollte: Sie konnte in seine bevorzugte Disco gehen und in Susis Begleitung so tun, als sei sie zufällig hier, falls sie Dirk treffen würde – falls! Sie hatte keine Ahnung, ob es Zufall gewesen war, dass sie ihn zweimal dort gesehen hatte.

„Wonach hältst du eigentlich die ganze Zeit Ausschau? Seit wir hier sind, starrst du die Leute an." Susi war Kerstins ungewöhnliches Verhalten natürlich aufgefallen. Der besten Freundin lässt sich eben nur selten etwas verheimlichen.

„Nur so. Ich muss doch wissen, wer hier ist." Kerstin hörte damit auf, sämtliche Jungs zu fixieren. Sie musste endlich begreifen, dass Dirk nicht da war. Die ganze Mühe war also umsonst gewesen! Dabei hatte sie einen fürchterlichen Krach mit ihren Eltern bekommen, weil sie mitten in der Woche in die Disco wollte.

„Ist eben ein müder Laden", urteilte Susi, die sich missbilligend umsah. „Die Musik ist doof, und die Leute sind es erst recht."

„Wieso denn? Es sind auch gute Typen dabei", verteidigte Kerstin sich. Sie war es schließlich gewesen, die keine Ruhe gegeben hatte, bis sie hierher gegangen waren.

„Sind doch alles Yuppies!", stieß Susi verächtlich

hervor. „Der ganze Laden ist schnieke. Mir gefällt er kein bisschen.“

„Wir können ja gehen“, schlug Kerstin etwas kleinlaut vor.

„Ja, aber bitte sofort. Mir stinkt's hier gewaltig.“ Susi zog Kerstin hoch und schob sie zum Ausgang.

Dort stießen sie mit Dirk zusammen. Er hielt Nelli an der Hand, aber als er Kerstin sah, veränderte sich sein Gesichtsausdruck auffallend. Er sah plötzlich nicht mehr die Spur verärgert aus. Ein Lächeln erhellte sein hübsches, männliches Gesicht.

„Kerstin! Ich hätte nicht gedacht, dass du heute Abend hier bist“, begrüßte er sie, ohne auf Nellis säuerliche Miene zu achten.

„Hallo, Dirk!“, sagte Kerstin gepresst. Sie war befangen und verlegen.

„Wollt ihr denn schon gehen? Der Abend fängt doch gerade erst an.“ Er sah nur Kerstin an.

„Für Kids ist der Abend wohl gelaufen“, meinte Nelli spöttisch. Sie spielte ihre achtzehn Jahre aus und zeigte deutlich, wie überlegen sie sich fühlte. Kerstin und Susi waren ihr nicht einmal einen zweiten Blick wert. Das änderte sich schlagartig, als Dirk ihre Hand losließ und, für jeden verständlich, zu Kerstin sagte: „Ich fände es nett, wenn du bleiben würdest, Kerstin. Wir könnten etwas zusammen trinken, und ab zehn gibt es auch bessere Musik.“

„Um zehn müssen kleine Mädchen längst im Bett liegen“, spottete Nelli ätzend. „Außerdem bist du mit mir zusammen hierher gekommen. Was willst du also von den beiden?“

Dirk sah sie kalt an. „Mit Kerstin kann ich mich jedenfalls besser unterhalten als mit dir. Dir passt doch nie etwas. Du meckerst am laufenden Band, und deine Laune vermiest mir die Stimmung."

Nelli blieb ihm nichts schuldig. „Wenn ich gewusst hätte, dass du auf kleine Schulmädchen stehst, hätte ich es mir zweimal überlegt, mich auf dich einzulassen", giftete sie ihn an.

„Du kannst es dir ja immer noch überlegen", konterte er ärgerlich. Es war ihm deutlich anzumerken, wie peinlich ihm die Auseinandersetzung vor Kerstin und Susi war.

Susi begriff überhaupt nichts. Sie kannte Dirk, genau wie Kerstin, nur vom Sehen. Sie wusste nicht, wieso ihre Freundin sich überhaupt mit ihm unterhielt. Für sie war er nichts anderes als ein aufgeblasener Yuppie, der die Nase entschieden zu hoch trug.

Ein Blick auf Kerstin genügte jedoch, und Susi wusste, dass ihre Freundin anderer Meinung war. Ihre Augen verrieten sie. Ihr Blick hing an Dirk, als gäbe es nur ihn in der Disco.

„Komm, lass uns gehen! Wir stören hier nur", flüsterte sie Kerstin zu, aber die schüttelte unmerklich den Kopf. Sie stand nur da und sah Dirk an.

„Was ist denn nun? Bleiben wir hier stehen, oder suchen wir uns endlich einen Platz?", nörgelte Nelli.

„Du kannst dir ja einen Platz suchen. Ich lade Kerstin und ihre Freundin erst mal zu einem Drink ein. Wir sehen uns dann später", sagte Dirk zu Kerstins Erstaunen ohne Umschweife zu dem Mädchen, das sie bis eben für seine Freundin gehalten hatte. Auch Susi wunderte sich.

Und Nelli erst … „Du musst verrückt geworden sein!", zischte sie aufgebracht. „Bei dir tickt doch eine Uhr falsch!"

Dirk lächelte blasiert. „Hauptsache, ich weiß, wie spät es ist. Für mich ist schon lange fünf Minuten nach zwölf.“

Nelli verstand seine Anspielung genauso gut wie Susi und Kerstin, aber für sie hatten Dirks Worte eine andere Bedeutung. Nelli sah ihn verächtlich an. „Wenn du wirklich mit diesen Kids an die Bar gehst, dann hast du mich für immer gesehen“, drohte sie.

Dirk ließ sich nicht beeindrucken. „Tja, da kann man nichts machen. Man soll die Leute nicht von ihrem Glück abhalten. Wenn du gehen willst, dann geh!“, sagte er so kalt, dass Kerstin fröstelte.

Sie beobachtete, wie Nelli sich umdrehte und die Disco verließ. Als Dirk sich ihr zuwandte, war sie nicht mehr sicher, ob sie überhaupt etwas von ihm wollte. Sie hatte fast ein wenig Angst vor ihm. Er wirkte überlegen und war Nelli gegenüber so kaltschnäuzig gewesen, dass sie nicht wusste, ob sie ihm gewachsen war.

„Trinkt ihr was mit mir auf den Schreck?“, fragte er sie und Susi und wies mit dem Kopf zur Bar, an der bereits Dreierreihen standen.

„Ich nicht“, wehrte Susi sofort ab. „Ich will jetzt tanzen.“ Sie bahnte sich einen Weg auf die Tanzfläche und legte nach dem harten Rock-Sound ein Solo aufs Parkett.

„Aber du gibst mir doch keinen Korb, Kerstin, oder?“ Dirk sah sie mit seltsamem Blick an.

„Aber nur eine Cola“, sagte Kerstin, als hätte es eine Bedeutung, ob sie nun Cola oder irgendetwas anderes trank.

Dann standen sie an der Bar, und Kerstins Herz klopfte heftig. Dirk war ihr sehr nahe. Das lag zum Teil an dem

Gedränge um sie herum, aber sie glaubte, dass er es auch darauf anlegte, auf Tuchfühlung mit ihr am Tresen zu stehen.

Sie überlegte, wie sie sich jetzt verhalten sollte. Einerseits wollte sie ihn gern näher kennen lernen, andererseits hatte sie ihm gegenüber Vorbehalte. Dazu kam, dass die Szene mit Nelli nicht gerade schön gewesen war. Sie hätte nicht an Stelle von Dirks ehemaliger Freundin sein mögen.

Eigentlich war es ganz ähnlich gelaufen wie mit ihr und Jörg, fiel ihr ein. Auch sie hatten nach einem ziemlich dummen Streit Schluss gemacht. Und Dirk hatte diesen Streit mit angehört, genau so wie sie jetzt seinen mit Nelli.

„Eigentlich solltest du jetzt am Boden zerstört sein“, ließ sie ihn mit genau den gleichen Worten, die er vor drei Tagen benutzt hatte, wissen, was sie von der Sache hielt.

Ihm schien nichts aufzufallen. „Warum denn das?“, fragte er verdutzt.

Sie erinnerte sich an jedes seiner Worte. „Weil deine Freundin dir den Laufpass gegeben hat.“ Genau das hatte er zu ihr gesagt.

Jetzt wurde er hellhörig. Aber er schien noch immer nichts zu merken. „Das macht mir nichts aus. Ich hatte ohnehin die Nase voll“, sagte er und wiederholte damit sinngemäß die Begründung, die Kerstin vor ein paar Tagen selbst gegeben hatte, als sie ihn über Jörg und sich aufgeklärt hatte.

Sie wusste auch noch seine Antwort.

„Was macht denn ein großer Junge wie du so ganz ohne feste Freundin auf der Welt?“, fragte sie übermütig lächelnd.

Endlich ging ihm ein Licht auf. „Du hast ein sehr gutes Gedächtnis.“

Sie nickte lachend. „Siehst du, jetzt habe ich dich mit deinen eigenen Worten zum Narren gehalten.“

Er drohte ihr scherzhaft mit dem Zeigefinger. „Du bist mir vielleicht Eine! Eigentlich müsste ich dir jetzt sagen, dass dich das nichts angeht, denn das hast du mir an den Kopf geworfen …“

„Du kannst es ruhig sagen. Es geht mich ja nichts an.“

„Ich finde schon. Ich finde es gut, dass du weißt, dass mit Nelli und mir Schluss ist“, versetzte er sie in grenzenloses Erstaunen.

„Warum muss ich das unbedingt wissen?“, fragte sie atemlos. Sie wartete gespannt auf seine Antwort.

„Damit du weißt, dass es stimmt, wenn ich dir sage, dass du mich sehr interessierst.“

Diese Worte hatten auf Kerstin eine ähnliche Wirkung wie ein Schlag mit einem Gummihammer auf den Kopf. Sie bekam weiche Knie, und ihre Hände flatterten.

„Ich habe dir schon mal gesagt, dass ich das nicht glaube. Du bist doch schon zwanzig …“

„Nicht ganz, aber fast. Aber was hat das damit zu tun?“

„Du hast selbst gesagt, dass ich in deinen Augen noch ein kleines Mädchen bin.“

„Ich wollte dich nur ärgern. Es ist mir völlig schnuppe, wie alt du bist. Du gefällst mir gut, und ich möchte dich gern besser kennen lernen.“

„Er sah sie lächelnd an, und sie fand keine Worte, um ihm zu antworten.

„Er ist überhaupt nicht mein Typ!“, beschwor sie

sich selbst. Aber ihr Blick wanderte bereits zärtlich über sein Gesicht und blieb an seinem Mund hängen, der für sie das Schönste an diesem Gesicht war.

„Tanzt du mal mit mir?“, fragte er leise.

Sie nickte einfach. Dann ließ sie es zu, dass er sie an der Hand nahm und hinter sich her zog.

Schon nach einem einzigen Tanz hatte sie einen schwerelosen Zustand erreicht. Sie schwebte wie auf Wolken. Dirk hatte seine Arme um sie gelegt, und als ein langsamer Song aufgelegt wurde, zog er sie an sich. Andere Pärchen schmusten auch, und so gab es für Kerstin keinen Grund, sich aus seinen Armen zurückzuziehen. Vor allem fühlte sie sich dort wohl. Als er mit beiden Händen zärtlich ihren Rücken streichelte, zitterte sie innerlich, aber auch das empfand sie als sehr angenehm.

Irgendwann zwischen den fünf Tänzen sah sie Susi, die ihr aufgeregte Zeichen machte, aber sie konnte sich nicht darauf konzentrieren. Oder sie wollte nicht. Was sie wollte, war, mit Dirk zu tanzen und gleichzeitig dafür zu sorgen, dass sich ihre Meinung über ihn gründlich änderte. Er war viel netter, als sie gedacht hatte. Er war nicht die Spur arrogant oder blasiert, sondern er lächelte sie lieb an und streichelte zärtlich ihren Rücken.

Dann war Tanzpause, und sie sah sich nach Susi um, der sie wohl eine Erklärung schuldete. Aber ihre Freundin war verschwunden.

„Ich muss jetzt nach Hause“, sagte sie zu Dirk, dessen Arme auf ihren Schultern ruhten.

„Schade, aber wenn es sein muss. Ich fahre dich.“

Sie nickte nur. Es war bereits Viertel nach zehn, und damit hatte sie ihr Limit um eine Viertelstunde überschritten. Sie musste wochentags um zehn zu Hause sein.

„Lass uns gleich gehen“, bat sie. „Meine Eltern machen Stress, wenn ich so spät komme.

„Sie werden dir wohl nicht den Kopf abreißen“, antwortete Dirk lächelnd. Für ihn gehörte Krach mit den Eltern sicherlich schon lange der Vergangenheit an.

„Das nicht, aber viel besser ist es nicht.“ Sie befürchtete, dass er sie nicht verstand.

Aber er ließ nichts dergleichen erkennen. „Dann lass uns gehen. Ich möchte nicht, dass du meinetwegen Ärger mit deinen Eltern bekommst.“

Im Auto wusste Kerstin nicht, was sie wollte. Sie hatte immer noch dieses Herzklopfen, das darauf hindeutete, dass Dirks Nähe ihr zu schaffen machte. Aber sie sagte sich auch, dass Dirk vier Jahre älter war als sie und dass es gefährlich werden konnte, wenn sie unvernünftig war. Dazu kam sein Ruf, der ihr nicht behagte. Sie hatte mit Playboys nichts am Hut!

„Was denkst du jetzt? Du bist so still.“

Er warf ihr einen schnellen Blick zu, dann konzentrierte er sich wieder auf die Straße.

„Eigentlich nichts. Ich habe nur überlegt ...“

Er lachte leise. „Gibt es einen Unterschied zwischen denken und überlegen?“

„Manchmal schon. Ich meine, ich habe an nichts Bestimmtes gedacht ...“

„Aber du hast überlegt“, vollendete er lächelnd ihren Satz.

Sie fuhren aus der Stadt hinaus in Richtung des Vororts hinter dem Zoo. Wenn Dirk in diesem Tempo weiterfuhr, waren sie in zehn Minuten am Ziel. Zu wenig Zeit, um das zu klären, was Kerstin mehr interessierte als alles andere. Also behielt sie ihre Gedanken für sich und saß stumm neben ihm.

Er griff nach ihrer Hand. „Sehen wir uns morgen wieder?"

„Ich weiß nicht. Wenn ich heute schon zu spät komme, darf ich morgen Abend bestimmt nicht weggehen."

„Kannst du es nicht wenigstens versuchen?", bat er eindringlich.

„Doch, das kann ich, aber es wird nichts nützen. Meine Eltern sind schrecklich stur in der Hinsicht."

Hinter dieser Behauptung brauchte sie sich nicht zu verstecken, weil sie zutraf. Trotzdem war sie fast froh darüber, dass es war, wie es nun mal war. Sie war sich immer noch nicht sicher, ob sie Dirk wieder sehen wollte.

Er schien zu spüren, was in ihr vorging. „Ich würde dich sehr gern wieder sehen, aber wenn du nicht willst, kann ich nichts machen", sagte er niedergeschlagen.

Sie waren vor ihrem Haus angekommen. „Ich will schon", gestand sie leise „… aber …"

„Aber?"

„Aber ich weiß nicht, ob es gut ist."

„Dann müssen wir es versuchen. Nur so werden wir bald wissen, ob es gut ist." Er nahm zärtlich ihre Hand. Als sie sie nicht wegzog, drückte er einen kleinen Kuss in die Handfläche.

„Ruf mich an, wenn du mich sehen willst", raunte er ihr zu. „Dann komme ich, so schnell meine alte Kiste fährt."

Sie nickte unbestimmt und zwang sich auszusteigen. Mit leisem Bedauern sah sie den Schlussleuchten des VW nach. Sie hätte viel darum gegeben, neben Dirk in diesem Auto zu sitzen und Zeit zu haben, mit ihm zu reden und dabei zu ergründen, was es war, das ihr so zu schaffen machte.

Stattdessen ging sie leicht verwirrt in die Wohnung und wusste, dass dort nicht nur ihre Eltern, sondern auch Ärger auf sie warteten.

3. Kapitel

„Ach, sieh mal an, das Fräulein Tochter kommt auch schon nach Hause. Weißt du eigentlich, wie spät es ist?“ Hubert Kaiser maß seine Tochter von Kopf bis Fuß.

Kerstin hatte versucht, sich unbemerkt in ihr Zimmer zu schleichen, aber sie war nur bis zum Wohnzimmer gekommen, in dem ihre Eltern vor dem Fernseher saßen.

„Es ist gerade halb elf. Ich bin nur eine knappe halbe Stunde zu spät. Es tut mir ja Leid“, versuchte sie, ihren wütenden Vater zu besänftigen.

Der ließ sich nicht darauf ein. „Wenn ich sage, dass du wochentags um zehn zu Hause zu sein hast, dann meine ich das auch so. Halb elf ist nicht zehn! Zumal ich keine Ahnung habe, wo du dich rumtreibst ...“

„Ich treibe mich nicht rum. Ich war mit Susi im *Domicile*.“

„Das ist für mich rumtreiben“, schnaubte ihr Vater wütend. „Aber verlass dich darauf, damit ist nun Schluss! Für den Rest der Woche wirst du abends zu Hause sein. Ich werde dich kontrollieren, da kannst du sicher sein.“

Alles, nur das nicht! Wenn ihr Vater seine Drohung wahr machte, konnte sie Dirk die ganze Woche nicht mehr sehen.

„Vati, sei doch nicht so.“ Sie versuchte es mit Schmeicheln. „Ich kann doch nicht bloß in die Schule gehen und zu Hause herumhocken. Die anderen dürfen abends auch weggehen.“

„Das interessiert mich nicht! Wenn das stimmt, dann hast du den falschen Umgang. Meine Tochter wird nicht jeden Abend in irgendeiner Kneipe hocken, dafür werde ich sorgen." Hubert Kaiser zündete sich eine Zigarette an. Er war wütend, und Kerstin wusste, dass alles keinen Zweck hatte. Ihr Vater nahm niemals etwas zurück. Dazu war er viel zu stur.

Sie versuchte es bei ihrer Mutter. „Mutti, sag du doch auch mal was", bat sie. „Ich bin doch schon fast sechzehn. Ihr könnt mich doch nicht immer wie ein kleines Mädchen behandeln."

„Gerade weil du fast sechzehn bist, müssen wir auf dich aufpassen. In letzter Zeit treibst du dich offensichtlich mit wesentlich älteren Jungen herum. Glaubst du vielleicht, wir würden tatenlos zusehen, wie du in dein Verderben rennst?"

Kerstin wurde wütend. „Wieso redet ihr immer solches Zeug? Wer rennt denn ins Verderben, wer treibt sich herum? Was ist das überhaupt, ins Verderben rennen?", stieß sie verzweifelt hervor.

„Du weißt genau, wovon wir reden. Ihr seid alle viel zu frühreif. Zu unserer Zeit …"

„Nicht schon wieder!", stöhnte Kerstin. Wenn sie etwas nicht leiden konnte, dann waren es die Erzählungen ihrer Eltern von den angeblich guten alten Zeiten. So toll konnten die nicht gewesen sein, nach allem, was sie in Erfahrung gebracht hatte. Im Übrigen hatten ihre Eltern ihretwegen heiraten müssen. Ihre Mutter war erst neunzehn gewesen …

„Ist doch wahr", sagte sie, als sie den verärgerten Blick ihrer Mutter bemerkte. „Ständig erzählt ihr davon, dass früher alles anders und viel besser war."

„Jedenfalls war die Jugend nicht so verdorben", behauptete ihr Vater aufgebracht.

Jetzt reichte es aber! „Was heißt denn verdorben?",

fragte Kerstin böse. „Ist man vielleicht verdorben, wenn man einen Freund hat? Ihr habt euch doch auch gekannt, als ihr noch sehr jung gewesen seid …“

„Halt den Mund, Kerstin, sonst setzt es was!“, unterbrach ihr Vater sie heftig.

Es war immer das gleiche üble Spiel. Wenn sie sich gegen ihre Eltern zu verteidigen versuchte, sprachen die das so genannte Machtwort. Sie hatten immer Recht, und zwar aus dem einzigen Grund, weil sie die Eltern waren!

„Mach, dass du endlich ins Bett kommst! Morgen früh siehst du wieder aus wie eine Eule“, schimpfte ihr Vater.

„Ich muss nicht zehn Stunden schlafen, um ausgeruht zu sein“, empörte Kerstin sich. Sie war es leid, wie ein Kleinkind behandelt zu werden.

„Du tust, was ich dir sage! Und morgen Abend will ich dich zu Hause sehen, und das gilt für alle restlichen Tage dieser Woche.“

Kein Gutenachtgruß, kein liebes Wort. Ihre Eltern glotzten, nachdem sie sie zur Schnecke gemacht hatten, in die Röhre, als ob nichts gewesen wäre.

Kerstin verließ das Wohnzimmer und ging in ihr Zimmer. Sie warf sich angezogen auf das Bett und dachte angestrengt darüber nach, wie sie es anstellen konnte, Dirk trotz des Verbots ihrer Eltern zu sehen. Er arbeitete jeden Tag bis halb sieben, und diese Zeit war für ihre Eltern bereits Abend. Sie selbst saß bis eins in der Schule. Selbst wenn sie nach der Schule zu seiner Boutique ging, hatten sie höchstens eine halbe Stunde Zeit …

„So ein Mist!“, schimpfte Kerstin leise vor sich hin. Sie hasste es, die fast sechzehnjährige Tochter von sturen Eltern zu sein, die so taten, als seien sie selbst niemals jung gewesen.

Gegen Mitternacht ging sie schließlich zu Bett. Sie nahm ihr Problem mit. Deshalb schlief sie schlecht. Sie träumte wirres Zeug und wachte immer wieder auf. Irgendwann gegen Morgen wurde ihr klar, dass ihr eigentliches Problem ihre eigene Unsicherheit im Zusammenhang mit Dirk war. Sie wusste einfach nicht, ob sie ihn wieder sehen wollte oder nicht.

„Weißt du, Kerstin, du hättest mir eigentlich sagen können, dass sich zwischen dir und Dirk etwas anbahnt", hielt Susi ihr am nächsten Morgen vor. Sie gingen zusammen von der Bushaltestelle zur Schule.

„Das konnte ich dir nicht sagen, weil es wahrscheinlich nicht stimmt", verteidigte Kerstin sich.

„Wieso wahrscheinlich? Du musst doch wissen, ob da was ist oder nicht."

„Das weiß ich eben nicht. Er hat mich nach dem Krach mit Jörg nach Hause gefahren, und gestern Abend in der Disco … Aber das hast du ja selbst gesehen."

„Allerdings. Du hast dich ganz schön an ihn rangeschmissen. Ich finde das nicht gut. Dirk wartet doch nur darauf, von Mädchen aufgerissen zu werden. Er muss nicht mal den kleinen Finger rühren. Alle fliegen auf ihn", sagte Susi.

„Das dachte ich auch", bestätigte ihr Kerstin nachdenklich. „Aber wenn man ihn näher kennt, ist er gar nicht so."

Susi lachte spöttisch. „Nein? Wie ist er dann?"

„Viel netter", sagte Kerstin voller Überzeugung. „Man kann gut mit ihm reden. Er ist sehr verständnisvoll. Ich glaube, man sieht ihn falsch, weil er so toll aussieht."

„Das glaubst du! Du musst Tomaten auf den Augen haben", schimpfte Susi. „Außerdem ist er doch gar nicht dein Typ. Seit wann stehst du denn auf Dunkelhaarige?"

„Weiß nicht. Eigentlich stehe ich auf gar keinen bestimmten Typ."

„Aber auf Dirk stehst du, was?" Es war nicht genau erkennbar, ob Susi sich Sorgen um ihre Freundin machte, oder ob es leise Eifersucht war, die sie so reden ließ.

Kerstin versuchte, etwas zu erklären, das ihr selbst nicht klar war. „Ich weiß nicht, ob ich auf ihn stehe. Ich finde ihn nur nett, das ist alles."

„Siehst du ihn wieder? Habt ihr euch verabredet?", wollte Susi wissen.

„Nicht direkt. Er hat gesagt, ich soll ihn anrufen, wenn ich Lust dazu habe."

„Da siehst du es! Nicht er ruft dich an, sondern du sollst dich um ihn bemühen. Typisch Playboy! Und du fühlst dich auch noch geehrt." Susi schnaubte durch die Nase und zeigte so ihre Missbilligung.

„Du brauchst dich gar nicht so aufzuspielen", sagte Kerstin verärgert. „Mir reicht schon, was meine Eltern abziehen."

Bei diesem Stichwort erwachte Susis Mitgefühl. Sie kannte den ewigen Krach mit Eltern zur Genüge. „Haben sie dir die Hölle heiß gemacht?", fragte sie.

„Das kannst du laut sagen. Ich bin eine halbe Stunde zu spät gekommen, und deshalb darf ich die ganze Woche nicht mehr weggehen." Kerstin ließ den Kopf hängen.

„Das ist übel." Susi nickte. „Aber vielleicht ist es

auch irgendwie gut. Wenigstens kannst du Dirk nicht sehen."

„Wenn ich ihn nicht sehen will, will ich das selbst entscheiden." Kerstin wurde wütend. „Ich will ihn nicht deshalb nicht mehr wieder sehen, weil meine Eltern mich mal wieder einsperren."

Susi nickte wieder. Das verstand sie nur zu gut. „Wenn er wirklich was von dir will, kann er auch bis nächste Woche warten", versuchte sie, ihrer Freundin Mut zu machen. „Außerdem besteht ein Tag nicht nur aus dem Abend ..."

„Er arbeitet doch nachmittags. Und wenn er Feierabend hat, muss ich zu Hause sein", klagte Kerstin verzweifelt.

„Mist! Du hast Recht. Aber wenn er dich sehen will, wird er einen Weg finden."

Das war Kerstin viel zu vage. Denn inzwischen glaubte sie zu wissen, dass sie Dirk sehr gern wieder sehen wollte.

Zehn nach eins verließ Kerstin an Susis Seite die Schule. Sie standen in einer Gruppe von Mitschülern auf dem Hof und redeten über die bevorstehenden großen Ferien, als Susi sie in die Rippen stieß. „Schau mal, wer dort in seinem dicken Auto sitzt und sich die Augen aus dem Kopf starrt."

Kerstins Blick folgte Susis ausgestreckter Hand. Ihr Herz tat einen Freudensprung, als sie Dirk erkannte, der in seinem offenen VW direkt vor der Schule parkte. Ob er auf sie wartete? Sie konnte es kaum glauben. Am liebsten wäre sie sofort zu ihm hingegangen, aber sie traute sich nicht. Was, wenn er ein anderes Mädchen erwartete? Sie würde sich unsterblich blamieren.

Genau in dem Moment entdeckte Dirk sie. Er drückte auf die Hupe, und als sie zu ihm hinsah, winkte er ihr zu. Er machte eine Handbewegung, die nichts anderes bedeuten konnte, als dass sie zu ihm kommen sollte.

„Du, ich gehe mal zu ihm hin. Wartest du auf mich?“, fragte sie Susi.

„Aber nicht länger als zehn Minuten. Wenn er dich nach Hause fahren will, dann fahr nur mit. Ich nehme den Bus um halb zwei.“

Susi sah Kerstin nach, die es sehr eilig hatte, zu Dirk zu kommen. Sie machte sich Sorgen um ihre Freundin. Natürlich waren die Gerüchte über Dirk auch ihr zu Ohren gekommen. Und sie kannte Kerstin gut, die sich zwar forsch gab, aber in Wirklichkeit sehr empfindlich war.

Susi beobachtete, wie ihre Freundin sich zu Dirk hinunterbeugte. Sie sah auch, wie Dirk Kerstins Wange streichelte. Als Kerstin zu ihm ins Auto stieg, war die Sache für Susi gelaufen. Sie ahnte, dass sie ihre Freundin zum ersten Mal mit einem ernst zu nehmenden Konkurrenten teilen musste. Denn Dirk war nicht wie Jörg. Und Kerstin würde auf ihn anders reagieren als auf Jörg, dem sie eher überlegen war.

„Toll, dass du gekommen bist“, sagte Kerstin zu Dirk. „Das hätte ich nie für möglich gehalten.“

„Warum denn nicht? Ich habe dir doch gesagt, dass ich dich gerne wieder sehen möchte.“ Er lächelte sie freundlich an.

„Ja, aber ich sollte dich anrufen.“

„Darauf wollte ich mich nicht verlassen. Ich habe Mittagspause bis um zwei. Wir haben also noch fast eine Stunde. Willst du in der Stadt was trinken, oder wollen wir rausfahren und spazieren gehen?“ Er ließ den Motor an.

„Das ist mir egal“, sagte Kerstin. „Was du lieber möchtest.“

„Ich möchte am liebsten mit dir allein sein“, erklärte er ohne Umschweife.

Kerstins Herz klopfte wieder ziemlich heftig. Sie antwortete nicht, sondern nickte nur.

Dirk fuhr durch die Innenstadt hinaus in Richtung Zoo und See. Einige Male lächelte er sie von der Seite an, und jedes Mal wandte sie den Blick ab und tat so, als betrachte sie die Gegend. Dabei kannte sie die wesentlich besser als den Jungen neben sich.

„Hier ist es doch ganz nett. Wollen wir hier bleiben?“, erkundigte er sich. Sie waren auf dem Parkplatz beim See angelangt. Von hier führten viele kleine Wege kreuz und quer durch den großen Park und durch den Wald zum See, wie Kerstin von zahllosen langweiligen Sonntagsspaziergängen mit ihren Eltern wusste.

Sie nickte mit gesenktem Blick.

„Dann komm, Kerstin! Ich muss bald zurück.“

Sie stiegen aus und gingen auf dem weichen Waldboden ein kurzes Stück bis zu einem Springbrunnen, der mitten auf einer Wiese stand. Zwei Bänke standen davor und keine war besetzt.

Dirk nahm Kerstin einfach bei der Hand und zog sie zu einer der Bänke. „Schau mich nicht so an! Ich will nur mit dir reden“, sagte er, als er ihren zweifelnden Blick bemerkte.

Sie blieb weiterhin stumm, weil sie sicher war, nur ein Krächzen hervorzubringen, wenn sie versuchen würde, etwas zu sagen.

Sie setzten sich auf die Bank, und Kerstin rückte ein Stückchen von Dirk ab.

„Was hast du denn? Du tust so, als mache ich dir Angst.“ Er nahm ihre Hand und drückte sie liebevoll.

„Ich weiß überhaupt nichts mehr“, stieß Kerstin hervor. „Es ist alles so komisch.“

Er lächelte sie an. „Was ist denn komisch daran, wenn du mit einem Jungen, der dich sehr mag, auf einer Bank sitzt?“

„Ich kann es einfach nicht glauben. Du hast doch ... Ich meine, du kannst doch ... Ach, ich weiß selbst nicht. Ich glaube einfach nicht, dass du mich nett findest“, stammelte Kerstin und fühlte sich ziemlich dumm dabei.

Dirk rückte ein Stück näher zu ihr hin und legte seinen Arm um ihre Schulter. „Ich kann es dir beweisen“, sagte er leise. „Das ist kein Problem.“

Das Herzklopfen wurde so stark, dass sie das Gefühl hatte, er könnte es hören. Außerdem zitterten ihre Hände. Sie steckte sie in die Taschen ihrer Jeans und versteifte sich.

„Kerstin, was hast du denn? Kannst du nicht mal ein wenig entspannter sein? Ich tu dir doch nichts.“ Er streichelte beruhigend ihren Arm.

Sie blieb steif auf ihrem Platz sitzen und wusste nicht, was sie tun sollte. Sie neigte den Kopf, sodass die langen, glänzenden blonden Haare wie ein Vorhang vor ihr Gesicht fielen. Dahinter konnte sie sich prima verstecken.

Aber Dirk hatte etwas dagegen. Er strich die langen Haarsträhnen behutsam über ihre Schulter nach hinten. Dann berührte seine warme Hand ihren Hals und blieb dort liegen.

Kerstin konnte sich nicht mehr verstecken. Sie sah ihn aus hilflosen, großen blauen Augen an.

„Ich möchte dich so gern küssen“, murmelte er mit belegter Stimme. „Darf ich?“

Auf diese Frage gab es in Kerstins Zustand nur eine Antwort. Sie entspannte sich und schloss die Augen. Bebend wartete sie darauf, dass er sie küssen würde.

Als er es dann tat, blitzten vor ihren Augen gleichzeitig ein glutroter Abgrund und ein strahlend blauer Himmel auf. Noch nie war sie so geküsst worden, und noch nie hatte ein Kuss eine ähnliche Wirkung auf sie gehabt. Ihre vollen Lippen spürten seinen sinnlichen Mund überdeutlich. Er fühlte sich wundervoll an, ganz anders als Jörgs Mund. Langsam öffnete sie ihre Lippen ein wenig, und danach wurde der Kuss noch viel intensiver und schöner.

Dirk presste sich an sie und streichelte ihren Rücken. Und sie ließ es sich gern gefallen, weil es so schön war.

Ihre Zungenspitzen berührten sich, und es wurde noch herrlicher. Kerstin verging fast bei diesem Kuss. Sie wollte, dass er nie ein Ende finden würde.

Als es dann doch geschah, sagte Dirk zärtlich: „Siehst du, ich habe es genau gewusst. Wir passen gut zusammen, du und ich.“

„Meinst du?“, erwiderte sie zögernd. „Aber du bist vier Jahre älter als ich.“

„Und wenn schon! Was macht das? Ich habe mich in dich verliebt, und wenn du mich auch magst, spielt es doch keine Rolle, wie alt wir sind.“ Er küsste sie noch einmal.

Später sagte er: „Du, wir müssen los. Mein Boss versteht keinen Spaß, wenn es um Pünktlichkeit geht. Es ist schon Viertel vor zwei.“

Sie rannten zu seinem Auto zurück und hatten nicht einmal mehr die Zeit, sich noch einmal zu küssen. Dirk fuhr wie ein Henker den Waldweg entlang. Vor Kerstins Wohnblock sagte er nur noch: „Ich bin froh, dass es so gekommen ist, Kerstin. Können wir uns heute Abend sehen?"

Sie schüttelte traurig den Kopf. „Es geht nicht, Dirk. Ich muss zu Hause bleiben."

„Dann warte ich morgen wieder vor der Schule auf dich. Bis dann, Kerstin! Mach's gut solange, und denk an mich."

Er ließ sie aussteigen und fuhr dann schnell davon. Und Kerstin sah dem schwarzen Auto nach und wusste, dass sie nie mehr ein schwarzes Auto sehen konnte, ohne an Dirk zu denken.

„Dieser wild gewordene Autofahrer hat dich ja schon wieder nach Hause gebracht. Es ist zwei Uhr! Du hattest um eins Schulschluss. Du wirst mir auf der Stelle sagen, wo du die letzte Stunde verbracht hast."

War das ein Empfang, wenn man mit wunder Seele und übervollem Herzen nach Hause kam! Kerstin hätte viel darum gegeben, die letzte Stunde in Ruhe noch einmal überdenken zu können. Stattdessen war sie in die Küche beordert worden und musste sich den Vorwürfen ihrer Mutter stellen.

„Ich … Wir haben uns nur etwas unterhalten", sagte Kerstin leise.

„Aha! Ihr habt euch unterhalten. Dieser … dieser Schnösel und du. Ich nehme an, auf einem Parkplatz im Wald in seinem Auto, oder irre ich mich?" Frau Kaiser ließ deutlich erkennen, was sie von dieser Möglichkeit hielt.

„Dirk ist kein Schnösel“, verteidigte Kerstin den Jungen, dessen Küsse sie noch auf ihrem Mund spürte.

„Er ist viel älter als du. Wie alt ist er eigentlich?“

„Neunzehn. Bald wird er zwanzig. Warum, ist das so wichtig?“

„Das fragst du noch? Du willst mir doch nicht weismachen, dass sich ein Junge in diesem Alter mit Händchenhalten zufrieden gibt?“ Die Reaktion ihrer Mutter war ein einziger Vorwurf.

„Du denkst aber auch immer das Schlimmste!“

„Das ist wohl auch angebracht. Das kann ich dir sagen, Kerstin, wenn ich dich noch einmal mit diesem Jungen sehe, werde ich ein Wörtchen mit deinem Vater reden. Und jetzt glaub nur nicht, dass der zulässt, dass du dich mit einem ausgewachsenen Mann herumtreibst ...“

„Du sagst immer die gleichen blöden Sachen“, unterbrach Kerstin laut ihre Mutter. „Ich treibe mich nicht herum. Ich bin mit Dirk nach Hause gefahren, und wir haben uns unterhalten. Das ist doch normal.“

„Und du glaubst, du könntest das jetzt öfter tun, ja?“

„Warum nicht?“, stieß Kerstin trotzig hervor. „Dirk ist viel netter als Jörg, und mit dem durfte ich doch auch weggehen.“

„Jörg ist ein Junge in deinem Alter. Dieser Dirk ist alles andere als ein Junge. Wieso hat er überhaupt ein Auto?“

„Weil er einen Job hat und Geld verdient. Willst du ihm das vorwerfen?“

„Womit verdient er Geld?“

Kerstin stöhnte verzweifelt. „Er arbeitet in einer Jeansboutique. Ich glaube, er hat eine kaufmännische Lehre gemacht.“

„Glaubst du – so, so!“, höhnte ihre Mutter.

„Ja, das glaube ich. Ich weiß es nicht genau, weil wir uns erst kurz kennen.“

Frau Kaiser stand auf. „Du wirst ihn nicht näher kennen lernen, mein Kind. Dafür werde ich sorgen“, drohte sie.

Kerstin wusste, dass diese Drohung durchaus ernst zu nehmen war. Statt dass sie sich auf ein Wiedersehen mit Dirk freuen konnte, musste sie sich auf totalen Stress mit ihren Eltern einstellen. Denn eines war sicher: Ihre Mutter würde ihren Vater so lange bearbeiten, bis er ihr verbieten würde, dass sie Dirk jemals wieder sah. Und das wäre das Schlimmste, was ihr passieren konnte.

4. Kapitel

Dirk saß mit ein paar Freunden bei Mc Donald's und war so geistesabwesend, dass die anderen sich wunderten.

„Was ist denn mit dir los? Bis vor ein paar Tagen warst du doch noch ganz normal", sagte Jambo, Dirks bester Kumpel.

„Lass mich in Ruhe!", brummte Dirk. „Mit mir ist gar nichts los."

„Er ist frisch verliebt und deshalb mit Samthandschuhen anzufassen", tönte Chris.

„Verliebt?" Jambo wunderte sich. „In wen denn?"

„Könnt ihr euch nicht um euren eigenen Mist kümmern?" Dirk ärgerte sich. „Ewig reißt ihr die Klappe auf, und durch euer blödes Geschwätz entstehen die fürchterlichsten Gerüchte über mich."

„Was denn für Gerüchte? Alle wissen, dass du nichts anbrennen lässt. Da muss man gar keine Gerüchte in die Welt setzen", sagte Jambo aufgebracht.

„Vorsicht", warnte Chris. „Ich sagte doch, dass Dirk angeschlagen ist. Diesmal hat er ein kleines Schulmädchen verführt. Ich nehme an, das bringt Komplikationen mit sich."

„Du dämlicher Dummschwätzer, du!", fuhr Dirk ihn aufgebracht und zornig an. „Du weißt wohl wieder mal alles ganz genau."

„Ganz genau nicht, aber man hat ja Augen und Ohren." Chris grinste anzüglich. „Ganz nett, die Kleine. Aber du wirst deine Mühe mit ihr haben, das lass dir gesagt sein!"

Jambo hörte diese Neuigkeit zum ersten Mal. „Sag bloß, das stimmt?", fragte er entgeistert. „Unser Playboy und ein Schulmädchen? Ich kann es nicht glauben.“

„Es stimmt. Ich habe ihn mit ihr gesehen. Eine süße Krabbe, blond und zierlich und sehr unschuldig“, höhnte Chris.

Dirk wurde blass. „Noch ein Wort, und du hast keine Zähne mehr in deinem losen Maul“, ging er Chris an.

Chris sagte nichts mehr, aber sein Grinsen sprach Bände. Jambo ließ sich nicht davon abbringen, seinen Freund ins Verhör zu nehmen.

„Komm, fass dich wieder! Sag mir lieber, ob Chris Recht hat mit dem, was er sagt“, forderte er Dirk auf.

„Kommt drauf an, was man darunter versteht“, antwortete Dirk. „Es stimmt, dass ich ein Mädchen kennen gelernt habe, und es stimmt auch, dass sie noch nicht mal sechzehn ist ...“

„Sag mal, geht's dir nicht gut? Was willst du denn mit so einem Schulkind?“, fragte Jambo entgeistert. „Die ist doch noch nicht mal trocken hinter den Ohren.“

„Trockener als du“, warf Dirk seinem besten Freund an den Kopf. „Sie redet jedenfalls nicht halb so viel Schwachsinn wie du.“

„Es stimmt“, stellte Jambo trocken fest. „Unseren Dirk hat's endlich erwischt. Mit Haut und Haaren, würde ich sagen.“

„Idiot!“, herrschte Dirk ihn an. Aber er widersprach nicht mehr. Es war ihm egal, was die anderen über ihn sagten. Wichtig war nur, dass er Kerstin mochte. Genau genommen war er total verliebt in das Mädchen, über das die anderen so dämlich lästerten.

„Warum hockst du eigentlich hier und bläst Trübsal, wenn du doch eine so umwerfende Eroberung gemacht hast?“, erkundigte sich Chris.

„Weil sie diese Woche abends nicht mehr rausdarf", antwortete Dirk und zog sich damit den Spott der anderen zu.

„Das hat man davon, wenn man sich mit Wickelkindern abgibt", sagte Chris und lief damit Gefahr, Dirks Zorn erneut heraufzubeschwören.

„Nun lass ihn doch in Ruhe! Du siehst doch, dass er leidet", stand Jambo seinem besten Freund bei.

Chris grinste. „Das Einzige, was mich an der Sache interessiert, ist, dass die heiße Nelli wieder zu haben ist", stellte er fest.

„Kann schon sein. Aber wahrscheinlich nicht für dich", konterte Jambo, der immerhin begriff, warum Dirk so daneben war. Zu ihm sagte er versöhnlich: „Stellst du sie mir mal vor, deine neue Freundin? Bis jetzt habe ich doch alle gekannt."

Dirk zuckte die Schultern. „Das mit Kerstin ist etwas anderes", sagte er ernst. „Ich glaube nicht, dass ich will, dass ihr eure blöden Scherze mit ihr treibt."

„Also ist es ernst", stellte Jambo erneut fest. „Keine Sorge, wir werden dich und deine Kleine in Ruhe lassen."

„Das rate ich euch auch!", stieß Dirk wütend hervor. „Sonst lernt ihr mich kennen."

Für Kerstin waren es schlimme Tage. Sie sehnte sich nach Dirk und wäre gern mit ihm zusammen gewesen, aber ihre Eltern ließen sie nicht mehr aus den Augen. Abends durfte sie überhaupt nicht mehr aus dem Haus, und wenn sie nach der Schule auch nur eine halbe Stunde zu spät nach Hause kam, probte ihre Mutter den Aufstand. Drei Tage ging das nun schon so, und sie hatte Angst, dass Dirk das Warten bald leid sein würde.

„Aber heute ist Samstag! Ich durfte doch samstags immer in die Disco“, flehte sie ihre Eltern am späten Nachmittag an.

„Da hattest du auch noch anderen Umgang“, erwiderte ihr Vater scharf.

„Umgang! Ich will mit Susi und den anderen aus der Clique ins *Blue Star*, das ist alles“, wehrte Kerstin sich. Natürlich war das geflunkert, aber was blieb ihr denn anderes übrig? Wenn sie heute Abend schon wieder nicht weg durfte, würde sie Dirk vielleicht nie mehr wieder sehen.

„Und dieser Dirk wartet dort auf dich, nicht wahr?“, schloss ihr Vater denn auch messerscharf.

„Dirk geht immer ins *Domicile*“, behauptete Kerstin. Sie hatte nicht vor, an diesem Samstagabend in eine Disco zu gehen. Sie wollte sich mit Dirk treffen und mit ihm allein sein. Das hatten sie verabredet, als er sie nach der Schule ohne Umweg nach Hause gefahren hatte. Ab sieben wartete er in einem kleinen Café in der Innenstadt auf sie.

„Bitte, Mutti! Ihr könnt mich doch nicht einsperren. Ich habe doch nichts getan. Mein Zeugnis ist gut, und mein Zimmer ist aufgeräumt ...“ Sie verlegte sich aufs Flehen, vielleicht half es ja.

Der Hinweis auf ihr recht ordentliches Zeugnis mochte ihre Eltern ein wenig versöhnlicher gestimmt haben, jedenfalls sagte ihr Vater nach einer Weile: „Also gut, aber nur, wenn du versprichst, dich nicht mit diesem Dirk zu treffen.“

Es kam Kerstin wie ein Verrat an ihrer beginnenden Liebe vor, als sie leise sagte: „Ich verspreche es. Darf ich also gehen?“

„Du bist Punkt elf zu Hause! Wenn nicht, werde ich

dich suchen. Und verlass dich drauf, ich werde dich finden!", drohte ihr Vater.

Kerstin hörte überhaupt nicht zu. Sie errechnete, dass es von sieben bis elf vier Stunden waren, die sie mit Dirk zusammen verbringen konnte. Vier herrliche Stunden ... Was zählte es da, dass sie deshalb ihre Eltern belügen musste?

„Danke", murmelte sie noch. Dann verließ sie das Zimmer, um sich bis zum Abend allein der Vorfreude auf Dirk hingeben zu können.

Um fünf Uhr stand Kerstin bereits unter der Dusche. Sie wusch sich zweimal die Haare, um sicher zu sein, dass sie glänzten. Dann rieb sie ihren Körper mit duftender Lotion ein. Während all dieser Beschäftigungen dachte sie an nichts anderes als an die bevorstehende Begegnung mit Dirk. Seit er sie auf der Bank vor dem Springbrunnen geküsst hatte, war sie total aufgewühlt. Sie konnte sich nicht mehr gegen das immer stärker werdende Gefühl für ihn wehren. Er hatte sie sehr beeindruckt, und wenn sie auch noch nicht an Liebe dachte, war sie doch sicher, ihn unheimlich gern zu haben.

Sie föhnte sich die Haare und war mit dem Ergebnis zufrieden. Locker bauschten sie sich um ihr schmales Gesicht mit den großen blauen Augen.

Gegen sechs stand sie vor ihrem Kleiderschrank und stellte wieder einmal fest, dass sie nichts anzuziehen hatte. Das war schon früher so gewesen, aber jetzt wollte sie unter Dirks Augen bestehen, der immer top angezogen war. Sie selbst besaß praktisch nichts außer drei Jeans, einer weißen Sommerhose und zwei Kleidern, die ihre Mutter ihr verpasst hatte und die sie nicht ausstehen konnte. Einige Pullis, ein Stapel mehr oder weniger verwaschener Shirts und vier, fünf Sweater machten ihre Garderobe komplett. Das war wirklich keine große Auswahl.

Wäre die Stimmung im Haus besser gewesen, hätte sie ihre Mutter darum gebeten, ihr eine ihrer schicken Blusen zu leihen. Aber nach Lage der Dinge kam das nicht in Frage. Ihre Mutter würde nur wieder argwöhnen, dass sie sich für Dirk hübsch machen wollte. Kerstin wusste genau, dass zumindest ihre Mutter ihr nicht glaubte, dass sie Dirk heute Abend nicht sehen würde.

Sie zog sich dreimal an und wieder aus. Nichts gefiel ihr, nichts war gut genug, um sich darin Dirk zu zeigen. Sie dachte neidisch an einige Mädchen aus ihrer Klasse, die unheimlich viele Klamotten hatten, weil ihre Eltern nicht so geizig waren wie ihre eigenen. Sie selbst bekam immer nur das Nötigste, und auch dann gab es meistens Krach, weil sie andere Sachen gut fand als ihre Mutter.

Nach langem Überlegen beschloss sie, wieder die schwarzen Jeans anzuziehen, weil es die neuesten waren, die sie hatte. Sie saßen ganz gut und waren so klassisch geschnitten, dass sie immer noch *in* waren. Dazu zog sie einen roten Pulli an, der wenigstens nicht langweilig war, und die schwarzen Leinenturnschuhe, die gut zu der Hose passten. Besonders schick fand sie sich immer noch nicht, aber etwas Besseres hatte sie nicht. Mit ihrer beigen Jacke kombiniert, sahen die Sachen gar nicht schlecht aus, stellte sie fest, als sie sich vor dem Spiegel drehte.

Klar, Dirk war anderes gewohnt. Nelli zum Beispiel hatte immer tolle Sachen an, immer das Neueste, das gerade angesagt war. Aber sie war ja auch schon achtzehn und verdiente selbst Geld.

Wieder einmal dachte Kerstin mit sehnsüchtiger Erwartung an die Zukunft. Sie würde sofort nach der mittleren Reife eine Lehre beginnen, davon ließ sie sich nicht abbringen, egal, was ihre Eltern dazu sagten. Sie wollte sobald es ging selbstständig sein und finanziell unabhängig. So wie Dirk. Sie wusste inzwischen, dass er in einer kleinen Mansardenwohnung in einer Seitenstraße der Fußgängerzone wohnte, weit weg von seinen Eltern, mit denen er nur noch losen Kontakt hatte. Wenn sie doch auch schon so weit wäre! Noch über ein Jahr musste sie zur Schule gehen, und sie bezweifelte, ob man vom Lehrlingsgehalt allein selbstständig leben konnte.

Während sie die Wimpern tuschte und die Lippen mit Gloss betupfte, hörte sie das Telefon läuten, kümmerte sich aber nicht darum. Aber dann rief ihre Mutter: „Kerstin, für dich. Susi ist am Apparat."

Au Backe! Sie hatte ihren Eltern doch vorgeflunkert, mit Susi und den anderen im *Blue Star* verabredet zu sein! Das Telefon stand mitten im Flur. Ihre Eltern konnten also jedes Wort hören, das sie gleich mit Susi wechselte. Sie musste sich sehr in Acht nehmen, wenn sie Dirk heute Abend noch sehen wollte!

Sie ging zum Telefon und meldete sich.

„Hi, Kerstin", sagte Susi. „Ich wollte fragen, ob du heute Abend auch ins *Blue Star* kommst. Wir hatten ja nichts verabredet."

Kerstin suchte nach Worten, die Susi alles erklären, ihre Eltern aber weiterhin im Dunkeln lassen würden.

„Ja, vielleicht, ich weiß noch nicht", begann sie zögernd.

Ihre Mutter kam aus der Küche und machte sich an der Garderobe zu schaffen. Das war garantiert ein Vorwand, um ihr zuzuhören.

„Also, kommst du nun, oder was?“, meinte Susi ungeduldig.

„Ja, ich glaube schon. Aber ich muss noch ... was erledigen ...“

„Am Samstagabend? Was musst du denn erledigen?“

Wie konnte Susi nur so begriffsstutzig sein? Wenn sie ein falsches Wort sagte, wusste ihre Mutter alles. „Das kannst du dir doch denken“, versuchte sie, Susi auf den Trichter zu bringen.

„Ach, so ist das.“ Endlich begriff sie. „Du triffst dich mit Dirk, ja?“

„Ja, genau“, sagte Kerstin erleichtert. „Hast du was dagegen?“

„Das schon, aber es nützt ja nichts. Was sagen denn deine Eltern dazu? Ich denke, du darfst dich nicht mehr mit ihm treffen?“

Ihre Mutter sah sie neugierig an, und Kerstin antwortete zusammenhanglos: „Ja, aber ich muss um elf zu Hause sein.“

„Danach habe ich dich zwar gar nicht gefragt, aber es beruhigt mich“, meinte Susi etwas verwirrt am anderen Ende der Leitung. „Sag mal, hört deine Mutter dir etwa zu?“

„Na, endlich“, sagte Kerstin erleichtert. „Ich dachte schon, du merkst es nie.“

Das war schon zu viel, denn plötzlich stand Frau Kaiser neben Kerstin und nahm ihr den Hörer aus der Hand. „Sag mal, Susi“, begann sie in ihrem Verhörton, „du steckst doch nicht etwa mit Kerstin unter einer

Decke? Das würde mich sehr enttäuschen. Ich hielt dich immer für ein nettes, zuverlässiges Mädchen."

Kerstin hörte Susis Antwort nicht, aber sie musste zur Zufriedenheit ihrer Mutter ausgefallen sein. „Na also!", sagte sie nämlich. „Dann ist es ja gut. Ich wollte nur sicher sein, dass Kerstin sich nicht wieder mit diesem Dirk trifft."

Kerstin war unendlich froh darüber, dass Susi das Richtige gesagt hatte, um ihre Mutter zu beruhigen. Sie hatte kein schlechtes Gewissen, dass sie ihre Mutter belog und nun auch Susi da mit reinzog. Viel lieber hätte sie offen mit ihren Eltern über Dirk geredet, aber es ging ja nicht. Das war nicht ihre Schuld!

„Kann ich Susi noch mal haben?", bat sie ungeduldig. Sie nahm ihrer Mutter den Hörer ab. „Also dann, Susi, bis später! Und … danke." Dann legte sie auf.

„Wofür hast du dich denn bei deiner Freundin bedankt?", wollte ihre Mutter wissen.

„Ach, für was mit der Schule. Sie hat mir bei einer Sache geholfen", antwortete Kerstin und wunderte sich darüber, wie schnell eine Lüge zur nächsten führte. Dabei wollte sie nicht lügen. Sie wurde mehr oder weniger dazu gezwungen.

„Willst du nichts mehr essen, bevor du gehst?", fragte Frau Kaiser. Essen! Wie sollte sie essen, wo ihr Magen doch wie zugeschnürt war und ihr Herz zum Zerspringen klopfte, weil es bereits Viertel nach sechs war und nur eine Dreiviertelstunde sie von Dirk trennte?

„Nein, danke, Mutti. Ich habe keinen Hunger."

Sie ignorierte den misstrauischen Blick ihrer Mutter und bürstete sich vor dem Spiegel im Flur zum letzten Mal die Haare.

„Dann gehe ich jetzt. Ich bin bestimmt um elf wieder da“, sagte sie, um erneuten Ermahnungen zuvorzukommen.

„Das will ich dir geraten haben!“, rief ihr Vater aus dem Wohnzimmer. „Wenn du nicht pünktlich bist, wirst du bis zu den Sommerferien keinen Schritt mehr aus diesem Haus tun, die Schule ausgenommen.“

„Ich bin pünktlich“, sagte Kerstin schnell. Dann verließ sie die Wohnung und zwang sich dazu, die Tür nicht hinter sich zuzuwerfen.

Leichtfüßig lief sie die Treppen hinunter. Um auf den Lift zu warten, war sie zu ungeduldig. Sie würde zu früh in dem Café sein, in dem Dirk sie erwartete, aber das war ihr egal. Hauptsache, sie kam aus diesem Haus raus und ihm endlich näher.

5. Kapitel

„Schwarz steht dir unheimlich gut. Bleib mal stehen und lass dich ansehen. Toll, der Kontrast zu deinen Haaren! Du siehst so gut aus, dass mich alle bestimmt beneiden, wenn sie merken, dass du zu mir gehörst."

Obwohl sie bereits zehn vor sieben in das Café kam, saß Dirk schon an einem kleinen Tisch und wartete. Als sie auf ihn zuging, sah er sie mit leuchtenden Augen und einem zärtlichen Lächeln an. Und dann machte er ihr das dicke Kompliment, das sie unbändig freute nach all den Zweifeln, die sie gehabt hatte. Sie setzte sich ihm gegenüber, und er nahm ihre Hand.

„Wie lange haben wir Zeit?"

„Ich muss Punkt elf zu Hause sein. Wenn ich zu spät komme, kriege ich einen Höllenkrach, und mein Vater wird mich bis zu den Ferien einsperren", berichtete sie zaghaft.

„Und was machen wir solange?"

„Ich weiß nicht. Was du willst. Vielleicht ins Kino gehen?", schlug sie halbherzig vor.

Er schüttelte lächelnd den Kopf. „Weißt du, ins Kino kann ich auch allein oder mit meinen Freunden gehen. Dazu ist mir die Zeit mit dir zu kostbar."

Darüber freute sie sich, denn sie dachte genauso. Sie wollte am liebsten mit ihm reden, ihn besser kennen lernen, und vielleicht … würde er sie wieder küssen. Danach sehnte sie sich sehr.

„Wir könnten durch die Stadt bummeln und danach zu mir gehen – wenn du willst." Er sah sie forschend an.

„Du meinst, in deine Wohnung?", fragte sie ängstlich.

„Ganz recht. Schau nicht so verschreckt wie ein kleiner Hase. Du brauchst keine Angst vor mir zu haben. Ich fresse keine kleinen Hasen und auch keine kleinen Mädchen.“ Er lachte lieb.

Sie entzog ihm ihre Hand. „Ich bin weder ein kleiner Hase noch ein kleines Mädchen, und ich sitze auch nicht still und warte, bis ich gefressen werde“, sagte sie mit leisem Trotz in der Stimme. Er sollte nur nicht glauben, dass er sie bereits in der Hand hatte.

„Wenn du mit so großen blauen Augen schaust, dann siehst du aber aus wie ein kleiner Hase, der vor etwas Angst hat. Richtig süß“, zog er sie liebevoll auf.

Sie schmollte ein bisschen, aber als er mit seiner Hand unter den Vorhang ihres Haares fuhr und ihren Nacken streichelte, vergaß sie schnell alle aufkeimenden Zweifel. Da war das unheimlich starke Gefühl wieder, das sie jedes Mal überkam, wenn er sie auch nur berührte.

„Also gut“, sagte sie leise. „Ich möchte gern mal sehen, wie deine Wohnung aussieht.“

Er bezahlte den Kaffee, den sie getrunken hatten, und nahm sie an der Hand. „Sie ist nichts Besonderes, aber wenigstens habe ich meine eigene Bude.“

Sie verließen das Café, und auf der Straße legte Dirk seinen Arm um ihre Schultern. So gingen sie durch die Straße. Kerstin hoffte, dass sie keine Leute treffen würden, die sie kannte, denn das würde nur Getratsche geben. Darauf konnte sie verzichten. Ihr genügte schon, was Susi über Dirk dachte – von ihren Eltern ganz zu schweigen.

„Wo hast du denn dein Auto stehen?“, fragte sie.

„Vor meiner Haustür. Es ist nicht weit bis zu mir. Es lohnt sich nicht zu fahren.“

Er führte sie in die schmale Altstadtgasse, in der seine Wohnung lag. Bald waren sie vor einem schönen alten Haus angekommen. Im Erdgeschoss waren zwei Geschäfte und darüber Büros. „Nur ganz oben gibt es drei kleine Wohnungen, und eine davon gehört mir“, erklärte er ihr.

Er schloss eine schwere alte Holztür auf, und sie standen in einem imposanten Treppenhaus mit Holztreppe, geschnitztem Geländer und Malereien an den Wänden.

„Jugendstil“, sagte Dirk, als er ihr erstauntes Gesicht bemerkte. „Man hat das ganz gut restauriert.“

Er zog sie an der Hand hinter sich her die Treppe hinauf. Im fünften Stock zeigte er auf eine grün gestrichene Tür. „Jetzt kannst du es dir noch überlegen. Wenn du erst durch diese Tür gehst, werde ich vielleicht den kleinen Hasen doch auffressen.“

Sie lächelte schief. „Wirst du nicht. Du hast es versprochen.“

„Stimmt. Ich werde nur lieb zu dir sein, mein kleiner Hase.“

Er schloss auf und schob sie in das einzige Zimmer, das gleichzeitig Flur, Wohnzimmer und Schlafraum war. Es war überraschend groß und hatte gemütliche schräge Wände. Vor allem aber war es so toll eingerichtet, dass Kerstin herausplatzte: „Wahnsinn! Deine Wohnung ist der absolute Traum.“

Er lächelte geschmeichelt. „Findest du? Das meiste ist selbst gebaut oder stammt vom Sperrmüll. Ich hab alles angemalt, dann fällt es nicht so auf, dass eins nicht zum anderen passt.“

„Ich finde diese Wohnung unheimlich schön.“ Sie musste es noch einmal sagen.

Das große Dachzimmer war sparsam möbliert, aber gerade das gefiel ihr gut. In einer Ecke vor einem Dachfenster stand ein Futonbett, schwarz lackiert. Rot gestrichene Apfelsinenkisten dienten als Regal und gleichzeitig als Abstellfläche. In einer anderen Ecke stand ein großer Tisch, dessen Untergestell von einer alten Nähmaschine stammen musste. Es war schwarz lackiert und trug eine Glasplatte. Davor stand ein uralter Korbstuhl, den Dirk schwarz und rot gestreift angemalt hatte. An der Wand war eine provisorische Garderobe befestigt, die auch als Kleiderschrank diente. Und daneben stand ein Metallregal mit Dirks Stereoanlage und vielen, vielen CDs.

„Ich habe auch ein Bad und sogar so etwas wie eine Miniküche", sagte er nicht ohne Stolz. „Willst du sie sehen?".

Sie nickte und folgte ihm zu einer Tür, die zu einer winzigen Küche führte. Von dort aus gelangte man ins Bad, das noch kleiner, aber komplett eingerichtet war, mit Dusche, Waschbecken und Toilette.

„Toll! Eine richtige Wohnung!", rief Kerstin begeistert.

„Na ja, fürs Erste reicht es. Später mal will ich eine große Wohnung mit allem Drum und Dran. Wohnen ist für mich ein Hobby. Kennst du das tolle Einrichtungshaus an der Breiten Straße?"

„Ja. Aber das ist wahnsinnig teuer."

Er nickte. „Stimmt. Aber manches kann man nachbauen. Wenn ich mal Platz habe, dann mache ich das. Bestimmt. Und jetzt setz dich. Willst du was trinken, und möchtest du Musik hören?"

Sie setzte sich auf das niedrige Futonbett und streckte die langen Beine von sich. „Ich will eigentlich gar nichts", sagte sie. „Ich bin einfach nur froh, dass ich bei dir sein kann."

Lächelnd setzte er sich neben sie. „Das hast du lieb gesagt, mein kleiner Hase. Dafür bekommst du einen dicken Kuss."

Sie sank in seinen Armen nach hinten und genoss seinen Kuss unendlich. Sie fühlte sich wohl mit ihm und wurde immer glücklicher, je länger sie sich küssten. Sie hatte auch keine Angst mehr. Dirk war so zärtlich, dass sie nicht glaubte, dass er sie überrumpeln würde. Sie lernte einen ganz anderen Dirk kennen. Dieser Junge, der sie zärtlich streichelte und leidenschaftlich küsste, war nicht der coole Draufgänger, der die Mädchen wechselte wie andere Jungs ihre Hemden. Sie begann, ihm zu vertrauen, weil sie instinktiv spürte, dass er dieses Vertrauen nicht ausnützen würde. Flüchtig, aber nur ein einziges Mal, dachte sie noch an seinen Ruf, ein ausgemachter Playboy und Aufreißer zu sein, doch dann verwischte sich dieser Gedanke.

Als er sich von ihr löste und zum CD-Player ging, sah sie ihm zu. Sie war wirklich in ihn verliebt. Es spielte keine Rolle mehr, dass Dirk vier Jahre älter war als sie. Im Gegenteil: Sie fühlte sich bei ihm geborgen und so wohl, dass so genannte Vernunftgründe keine Chance mehr hatten. Sie liebte ihn!

„Für einen kleinen Hasen hast du eine tolle Figur", neckte er sie später. Sie zog gerade ihren roten Pulli wieder an. Den hatte Dirk ihr irgendwann an diesem Abend ausgezogen, damit er ihren kleinen, festen Busen liebkosen konnte. Sie hatte das Streicheln seiner zärtlichen Fingerspitzen unendlich genossen. Und weil er nicht mehr wollte, als ihren Busen streicheln, hatte sie ihn gern gewähren lassen. Mehr noch, sie bedauerte sehr, dass die Zeit so schnell verstrichen war. Wie schön waren die letzten Stunden gewesen!

Jetzt saß Dirk auf dem Bett und beobachtete sie dabei, wie sie sich wieder anzog. Es war schon zehn Uhr.

„Hase, soll ich dir mal was sagen?“, fragte er lächelnd. „Sag nicht immer Hase zu mir“, schimpfte sie, aber auch sie lächelte. Sie hatte sich schon an diesen Kosenamen gewöhnt. Ein Hase war schließlich ein nettes kleines Pelztier …

„Sag ich aber. Für mich bist du mein kleiner Hase – und wirst es immer bleiben.“ Er sah sie verliebt an.

„Was wolltest du mir denn sagen?“ Sie wollte es unbedingt wissen. Er lächelte nicht mehr, sondern sah sie ernsthaft an. Seine dunklen Augen hatten einen warmen, liebevollen Glanz. „Nichts Wichtiges eigentlich.“ Er spannte sie auf die Folter. „Ich wollte dir nur sagen, dass ich dich sehr lieb habe. Du bist so anders als die Mädchen, die ich früher gekannt habe …“

„Das sagst du nur so“, widersprach sie leise. „Ich weiß genau, dass die Mädchen, mit denen du zusammen warst, viel toller waren als ich.“

„Woher willst du das denn wissen?“

„Ich kenne Nelli, und die sieht unheimlich gut aus. Und ich habe dich auch schon mit anderen gesehen.“

„Sie sahen vielleicht nicht schlecht aus, aber sie waren nicht wie du. Außerdem finde ich dich sehr süß, Häschen. Du bist so schlank und grazil, dass ich Angst habe, ich könnte dir wehtun, wenn ich dich zu fest halte.“

Sie genoss jedes seiner Worte. Es war wunderschön, so etwas zu hören. Noch nie hatte jemand auch nur ähnlich nette Dinge zu ihr gesagt.

„Aber ich glaube einfach nicht, dass du mich hübsch findest. Du kannst doch jedes Mädchen haben“, sagte sie trotz allem. Sie musste an die Warnungen Susis und an ihre eigenen Zweifel denken.

Er stand vom Bett auf und trat vor sie. Sein Oberkörper war nackt, weil er sein Hemd noch nicht wieder angezogen hatte. Als er sie in die Arme nahm, schmiegte sie ihre Wange an seine Brust und fühlte glücklich, wie die Haare dort sie kitzelten. Dirk war ein dunkler Typ. Seine Haut war braun gebrannt, und er hatte viele ganz dunkle Haare auf der Brust. Das fand sie unheimlich toll.

„Kerstin, ich möchte, dass du mir jetzt glaubst. Es ist sehr wichtig für mich. Weißt du … ich finde es ziemlich blöd, von allen immer nur als der hohle Playboy angeschaut zu werden. In Wirklichkeit bin ich überhaupt nicht so. Es war nur so einfach, auf all die Angebote einzugehen …“

„Du meinst, die Mädchen haben sich dir angeboten?“, fragte sie verwundert.

„So ungefähr. Und weil keine mir wichtig war, habe ich mich eben darauf eingelassen. Bei dir ist es ganz anders.“

Noch einmal überlegte Kerstin, ob er das zu allen Mädchen gesagt hatte, die schon in seiner Wohnung gewesen waren. Aber dieser Gedanke tat zu weh, als dass sie ihn weiterverfolgen mochte.

Sie sah zu ihm auf. „Wenn ich dir glaube, versprichst du mir dann, dass du mich nie belügst?“

Er zog sie wieder in seine Arm und legte seine Wange auf ihr Haar. „Na klar, Häschen. Ich verspreche es dir. Ist damit alles in Ordnung?“

„Ich glaube schon“, sagte sie leise und gab ihm einen

Kuss auf seine Brust. „Aber jetzt muss ich nach Hause. Sonst darf ich nicht mehr weg in nächster Zeit."

„Schade. Ich fahre dich." Er zog sich an, und sie verließen Hand in Hand seine Wohnung.

„Bitte, fahr mich nicht bis direkt vor unser Haus. Meine Eltern warten bestimmt auf mich. Ich will nicht, dass sie mich mit ihren Fragen löchern", bat sie kurz vor der Seitenstraße, in der sie wohnte.

„Kriegst du immer Ärger, wenn du mit Jungs weggehst, oder ist es nur meinetwegen?", erkundigte er sich.

Kerstin überlegte nur kurz, ob sie ihm alles sagen sollte. Sie beschloss, ihm zu vertrauen. „Meine Eltern machen sich Sorgen, weil du so viel älter bist als ich. Meine Mutter ist davon überzeugt, du würdest dich nicht mit Händchenhalten zufrieden geben", gestand sie ein wenig zögernd.

„Sag deiner Mutter, dass ich nichts tun werde, was ihre Tochter nicht selbst will", sagte er ein wenig unwirsch.

Kerstin musste lachen. „Ich glaube nicht, dass meine Mutter das besonders gut fände. Sie kennt mich nämlich." Sie biss sich auf die Zunge. Was hatte sie da gesagt?

Dirk parkte unter einer Straßenlaterne in der Straße vor ihrem Wohnblock.

„Willst du damit sagen, dass du vielleicht auch willst, was ich will?", fragte er lächelnd.

Sie schämte sich ein bisschen. „Das ist mir so herausgerutscht. Ich wollte eigentlich nichts Bestimmtes sagen." Aber an diesem Abend konnte sie sich durchaus vorstellen, mit Dirk sehr viel mehr zu tun, als sich zu küssen und zu streicheln. Sie war so verliebt in ihn, dass sie ihn nicht einmal ansehen konnte, ohne dass die Sehnsucht danach, ihn zu spüren, übermächtig wurde.

„Wir müssen nicht darüber reden. Alles wird sich ergeben und gut werden, wenn wir uns sicher sind und zusammenhalten.“ Er küsste sie unendlich zärtlich, und als er ihr die Beifahrertür aufmachte, sagte er: „Schlaf gut, mein kleines Häschen. Ich wollte, ich könnte mit dir gehen.“

Er legte seine Hand an ihre Wange, und sie schmiegte sich dagegen. „Ich hab dich schrecklich lieb, Dirk“, gestand sie voller Ernst.

„Ich dich auch. Alles andere schaffen wir schon, du wirst sehen. Und jetzt geh. Gute Nacht, Hase!“

Ob sie wollte oder nicht, sie musste aussteigen. Es war fünf Minuten vor elf.

„Denkst du heute Nacht an mich?“, fragte sie, als sie bereits neben dem VW stand.

„Das tue ich ganz bestimmt. Wenn du willst, können wir genau um eins an uns denken. Dann liege ich in meinem Bett und träume davon, dass du noch da bist.“

Sie fand die Idee wundervoll. „Genau um eins. Ich werde an dich denken, und du wirst es wissen“, flüsterte sie.

Dann drehte sie sich um und lief schnell nach Hause.

6. Kapitel

Kerstin lag im Bett. Weil sie pünktlich nach Hause gekommen war, hatte es keinen Streit gegeben. Ihre Eltern hatten ihr nur gelangweilt Gute Nacht gesagt, als sie ihren Kopf ins Wohnzimmer gestreckt hatte, wo sie wie immer vor der Glotze saßen. Also konnte sie unbehelligt in ihr Zimmer gehen, sich ausziehen und zu Bett gehen und an Dirk denken.

Sie fuhr sich mit der Zungenspitze über die Lippen, als wolle sie seine leidenschaftlichen Küsse nachkosten. Und sie schloss die Augen und dachte an sein Gesicht, das sie so gern mochte.

Für Kerstin stand nach diesem fantastischen Abend in Dirks Wohnung eindeutig fest, dass sie ihn wahnsinnig liebte. Was machte schon der Altersunterschied aus? Wenn sie darüber nachdachte, schien er sogar Vorteile zu haben. Sie selbst war noch relativ unerfahren im Umgang mit Jungs, während Dirk schon viele Freundinnen gehabt hatte. Das tat zwar weh, aber sie war zu vernünftig, um auf seine Vergangenheit eifersüchtig zu sein. Und weil sie jetzt wusste, dass er sie auch liebte, glaubte sie auch, dass er sich ihr zuliebe ändern würde.

Sie kuschelte sich in ihr Kissen und umschlang ihre Schultern mit den eigenen Händen. Es war so herrlich gewesen, als Dirk sie geküsst und gestreichelt hatte. So wie auf ihn hatte sie noch auf keinen Jungen reagiert, so glücklich wie bei ihm war sie noch nie gewesen. Alles, was er an diesem Abend getan hatte, hatte sie dahinschmelzen lassen. Und der Nachhall war so groß, dass sie leise seufzen musste, als sie an seine weichen Lippen und seine liebevollen Hände dachte.

Obwohl sie so glücklich war, machte sie sich auch Sorgen. Sie musste künftig sehr aufpassen, dass ihre Eltern nicht von ihrer Freundschaft mit Dirk erfuhren. Wenn sie dahinterkamen, dass er eine eigene Wohnung hatte …

Sie war zwar noch recht jung, aber sie war sich sicher, dass sie Dirk liebte. Deshalb sah sie auch nicht ein, was ihr Alter mit ihrer Liebe zu tun haben sollte. Was machte es für einen Unterschied, ob man mit achtzehn, mit achtundzwanzig oder eben mit fast sechzehn liebte? Gar keinen!

Sie hätte an diesem Abend zu gern mit jemandem über ihre Gefühle gesprochen, aber es war niemand da. Ihre Eltern schieden von vornherein aus. Sie hätten sie am allerwenigsten verstanden. Susi vielleicht … Aber auch sie kannte Dirk nur als Playboy mit schlechtem Ruf. Und die anderen aus der Clique würden noch weniger Verständnis haben als Susi. Nur Peter hätte ihr möglicherweise zugehört, aber mit ihm wollte sie keine zu vertraulichen Gespräche führen. Jörgs Antenne war nämlich gar nicht so falsch gewesen: Wenn sie gewollt hätte, hätte sie mit Peter etwas anfangen können …

Kerstin war sich bewusst, dass die Begegnung mit Dirk ihr Leben verändert hatte. Sie liebte ihn. Deshalb war sie sich auch keiner Schuld bewusst. Sie hatte ein Recht auf ihre Liebe, auch wenn sie dafür ihre Eltern hintergehen musste.

Sie wühlte ihr Gesicht noch tiefer in das weiche Kopfkissen und bekämpfte tapfer die aufsteigende Panik. Wo ein Wille war, war auch ein Weg! Sie würde alles daransetzen, Dirk so oft es ging zu sehen. Morgen würde sie damit anfangen. Sie würde sich einfach weigern, den üblichen Sonntagsspaziergang mit ihren

Eltern zu unternehmen. Sie wollte zu Dirk – sonst nichts.

„Wird auch Zeit, Kerstin! Wir warten schon eine halbe Stunde auf dich." Ein typischer Sonntagmorgen nahm seinen typischen Verlauf: Kerstins Eltern saßen muffig beim Frühstück und begannen den Tag mit Vorwürfen an ihre Tochter.

„Nicht mal am Sonntag kann man ausschlafen!", maulte Kerstin. Sie hasste diese Frühstückszeremonie am Sonntag. Die heile Welt wurde hier nur gespielt. In Wirklichkeit waren ihre Eltern wieder mal sauer, und sie musste als Blitzableiter herhalten. Wahrscheinlich hatten sich ihr Vater und ihre Mutter gestern Abend wieder gestritten. Es verging kaum ein Wochenende ohne Krach.

„Der Sonntag gehört nun einmal der Familie", ließ Hubert Kaiser einen jener öden Betonsätze los, die Kerstin überhaupt nicht ausstehen konnte. Sogar das Wort „Familie" war schon ein Reizwort für sie geworden.

„Ich will heute ins Schwimmbad gehen", verkündete sie mutig. Sie wusste, was jetzt kam.

„Das wirst du nicht", antwortete ihr Vater scharf. „Wir werden jetzt gemütlich frühstücken, und danach hilfst du deiner Mutter in der Küche. Nach dem Mittagessen gehen wir spazieren ..."

„Ohne mich! Ich will ins Freibad! Alle anderen sind auch dort. Außer mir wird niemand mehr dazu gezwungen, am Sonntag mit den Eltern spazieren zu gehen." Kerstin sah ihren Vater trotzig an.

„Erstens interessiert es mich nicht, was die anderen tun, und zweitens wirst du nicht von heute auf morgen alte Gewohnheiten fallen lassen“, gab ihr Vater heftig zurück.

„Ihr könnt doch auch ohne mich spazieren gehen. Für mich ist das stinklangweilig. Ich bin doch kein kleines Mädchen mehr!“

„Du bist unsere Tochter und wirst tun, was wir von dir erwarten.“ Der zweite Betonsatz an diesem Vormittag.

„Warum eigentlich?“, fragte Kerstin aufsässig. „Warum muss ich immer das tun, was ihr von mir erwartet?“

„Was ist denn das für eine dumme Frage?“, donnerte ihr Vater. „Weil wir deine Eltern sind!“

„Komische Begründung“, murmelte Kerstin.

Kaum hatte sie die beiden letzten Worte gesagt, explodierte ihr Vater. Er konnte unheimlich jähzornig werden, wenn er in Wut geriet. Kerstin konnte davon ein leidvolles Lied singen. In solchen Situationen hatte sie schon manche Ohrfeige eingefangen, die nicht nur körperlich wehgetan hatte. Sie fühlte sich jedes Mal, wenn ihr Vater sie schlug, gedemütigt.

„Was bildest du dir ein, wer du bist?“, schrie er jetzt völlig außer sich. „Du glaubst doch wohl nicht, dass ich mir deine Frechheiten noch länger gefallen lasse?“ Er kam um den Tisch herum und baute sich vor ihr auf.

Kerstin duckte sich unwillkürlich. „Ich bin nicht frech. Ich habe nur versucht, mit euch zu reden. Ich möchte auch Rechte haben, auch wenn ich nur eure Tochter bin …“

Ihr Vater kam noch einen Schritt näher. „Was sind das denn für neue Flötentöne?“, schrie er sie an. „Das ist wohl der Einfluss des Schnösels, mit dem du dich neuerdings rumtreibst …“

„Ich hab euch schon ein paar Mal gesagt, dass ich

mich nicht rumtreibe. Und Dirk ist kein Schnösel!", brüllte Kerstin zurück. Sie vergaß in diesem Moment jede Vorsicht. Jetzt galt es nur, Dirk gegen die Angriffe ihres Vaters zu verteidigen. Das glaubte sie ihm schuldig zu sein.

Ihr Vater schlug so hart zu, dass sie fast vom Stuhl fiel. Er versetzte ihr mit der flachen Hand eine schallende Ohrfeige.

Ihre Wange brannte dort, wo der Schlag sie getroffen hatte, aber ihre Seele schmerzte weit mehr. Wieder einmal wurde ihr gezeigt, dass sie nichts zu sagen hatte, dass niemand sich dafür interessierte, welche Gefühle sie hatte und was sie dachte. Auch ihre Mutter nicht, die sie strafend ansah und nicht das geringste Mitgefühl zeigte. Wenn es um Kerstin ging, war sie immer einer Meinung mit ihrem Mann, auch wenn sie sich sonst oft stritten.

Kerstin sprang auf. „Ich lasse mich nicht mehr schlagen!", rief sie mit tränenerstickter Stimme. „Ihr habt kein Recht dazu ..."

Die nächste Ohrfeige traf sie nicht mehr so hart, weil sie darauf gefasst gewesen war. Sie duckte sich, sodass die Hand ihres Vaters ihre Wange nur streifte.

Kerstin sah ihren Vater an. Tränen standen in ihren Augen. „Wenn du mich noch einmal schlägst, haue ich ab", sagte sie so nachdrücklich, dass ihr Vater unwillkürlich davon absah, sie noch einmal zu schlagen. Seine erhobene Hand blieb in der Luft hängen.

Er lachte ironisch. „Wohin willst du denn? Du weißt doch, dass du auf uns angewiesen bist."

„Aber nicht mehr lange", flüsterte sie. Ihre Stimme drohte zu versagen. „In einem Jahr habe ich die mittlere Reife, und dann werde ich euch verlassen."

„Darüber reden wir, wenn es so weit ist", spottete ihr Vater. „Und so lange wirst du tun, was wir dir sagen."

Kerstin nahm allen Mut zusammen. „Ich werde nichts tun, was nicht in Ordnung ist", sagte sie fest, „aber heute möchte ich ins Freibad wie alle anderen auch. Und ich lasse nicht zu, dass ihr meine Freunde beschimpft – zumal ihr sie gar nicht kennt."

Die Augen ihres Vaters wurden vor Ärger schmal. Doch dann setzte er sich wieder auf seinen Stuhl.

„Dann geh doch in das verdammte Bad!", brummte er, als sei er es leid, seine kostbare Freizeit einem Streit mit seiner Tochter zu opfern. „Ich bin froh, wenn ich dich einen ganzen Sonntag lang nicht sehen muss."

Kerstin stand auf. „Danke, gleichfalls", murmelte sie im Hinausgehen. Zum Glück hatte ihr Vater es nicht gehört.

Innerhalb von zehn Minuten war Kerstin startklar. Für den Fall, dass ihre Eltern nachschauten, hatte sie ihre Badesachen eingepackt. Dabei wollte sie natürlich nicht ins Freibad. Sie wollte nur fort aus diesem Haus, und sie wollte zu Dirk, und zwar so schnell es ging.

Sie waren nicht fest verabredet, weil sie nicht genau gewusst hatte, ob es ihr gelingen würde, sich den sonntäglichen Zwängen zu entziehen. Aber wenn, so hatten sie vereinbart, sollte Kerstin nachmittags bei ihm vorbeischauen. Jetzt war es noch nicht einmal zehn Uhr am Morgen.

Macht nichts, dachte sie. Je eher ich bei ihm bin, desto besser. Die harte Auseinandersetzung mit ihrem Vater bestärkte sie noch in ihrer Sehnsucht nach Dirk, der so liebevoll war. Bei ihm fühlte sie sich geborgen. Es war so schön, dass es ihn gab, der ihr sagte, dass er sie lieb hatte. Zu Hause gab man ihr nur zu verstehen, dass sie keine Rechte hatte. Niemand war nett zu ihr, aber ständig musste sie etwas tun, wozu sie keine Lust hatte!

Sie verließ die Wohnung, ohne sich von ihren Eltern zu verabschieden. Sie hatte wenig freundliche Gedanken für sie, als sie zur Bushaltestelle ging, um zu Dirk zu fahren. Ihre Eltern verstanden sie einfach nicht! Sie hatten nicht die geringste Ahnung von ihren Gefühlen, Ängsten und Träumen. Ihre Eltern wollten nur eine pflegeleichte Tochter, die keinen Ärger machte.

Kerstins Herz pochte im Stakkato, als sie die Treppen zu Dirks Wohnung hinaufstieg. Im Haus herrschte sonntägliche Stille. Die Büros waren leer, die beiden Geschäfte geschlossen. Von den anderen Mietern war nichts zu hören und zu sehen.

Kerstin klingelte. Es dauerte ein Weilchen, bis Dirk öffnete, aber dann stand er da und sah sie erstaunt an. „Du? Schon so früh? Wie spät ist es denn? Bestimmt mitten in der Nacht."

Kerstin musste bei seinem Anblick lachen. Er sah total verschlafen aus, und seine Haare standen vom Kopf ab. Er trug nur bunt gemusterte Boxershorts, sonst nichts. Sie konnte den Blick nicht mehr von seinem breiten, braun gebrannten Oberkörper abwenden. Sie sah die weichen Brusthaare darauf und erinnerte sich daran, wie schön es war, sich an Dirk zu schmiegen …

„Es ist ungefähr elf", sagte sie lächelnd. „Ist es schlimm, dass ich jetzt schon da bin?"

Endlich begriff er. Ein liebevolles Lächeln breitete sich auf seinem Gesicht aus. „Schlimm? Es ist wunderschön! Komm rein, Hase. Das ist der schönste Sonntagmorgen seit langem.“ Er griff nach ihrer Hand und zog sie ins Zimmer.

Kerstin blieb stehen und schnupperte. Es roch nach Dirk, nach Schlaf, nach Vertrautheit – unheimlich gut. Sie fühlte sich sofort unendlich wohl. Der Ärger fiel von ihr ab. Sie war bei Dirk, und hier war sie richtig …

Er setzte sich auf sein zerwühltes Bett und sah sie an, als sei er immer noch nicht ganz wach. „Wie kommt es denn, dass du zu Hause ausbüchsen konntest?“, wollte er wissen.

Sie zuckte die Schultern. „Ich bin einfach gegangen. Mein Vater war mal wieder in Hochform. Er hat …“

Sie verstummte. Plötzlich schämte sie sich für die Ohrfeigen.

„Er hat was?“, fragte Dirk alarmiert.

Sie ließ den Kopf hängen. „Er hat mich geschlagen und beschimpft“, flüsterte sie leise.

Sofort stand Dirk auf und nahm sie in die Arme. Leise wiegte er sie hin und her, und zärtlich streichelte er ihren Rücken. „Hat er dich meinetwegen geschlagen, oder tut er das öfter?“, fragte er nach einer Weile.

„Manchmal“, sagte sie ausweichend.

„Er schlägt dich öfter?“, fragte Dirk so empört, dass sie unwillkürlich lächeln musste.

„Na ja, gelegentlich ohrfeigt er mich“, gestand sie. „Aber ich habe es immer überlebt.“

Dirk zog sie noch fester an sich. „Ich will nicht, dass er dich schlägt. Niemand soll dir wehtun, mein armer kleiner Hase.“ Zärtlich streichelte er über ihr Haar, und sie war glücklich. Endlich war da jemand, der sie mochte und es ihr zeigte. Das war wunderschön …

„Stört es dich, dass ich die Zähne noch nicht geputzt

habe? Ich möchte so gern einen Kuss von dir", murmelte er an ihrem Ohr.

Sie hob lächelnd den Kopf. Überhaupt nichts störte sie. Im Gegenteil: Alles war wunderschön und richtig. Und gerade Dirks Geruch nach Schlaf und Morgen mochte sie. Und geküsst werden wollte sie natürlich auch – und wie!

Sie küssten sich zuerst zärtlich, dann immer leidenschaftlicher. Kerstin fühlte die weiche Haut seines Rückens unter ihren Fingerspitzen, und es war unbeschreiblich toll. Als er sich an den Knöpfen ihres Jeanshemdes zu schaffen machte, hoffte sie, dass er sie bald auf bekam. Sie war ungeduldig, seine zärtlichen Hände auf ihrem Busen zu spüren, und als es endlich so weit war, fand sie es wunder-, wunderschön. Sie stöhnte leise.

Ihre Reaktionen auf seine Zärtlichkeiten erregten ihn. Er hob sie hoch und trug sie zum Bett. Dort ließ er sie in die zerwühlten Kissen gleiten und legte sich neben sie. Und dann küsste er sie wieder, und diesmal war es ein anderer, neuer, erregender Kuss, so intensiv, so leidenschaftlich, dass Kerstin ihre Lippen öffnete, um noch mehr davon zu spüren. Der Kuss dauerte unendlich lange. Als sie sich voneinander lösten, waren beide atemlos.

Dirk knöpfte Kerstins Jeanshemd ganz auf und streifte es von ihren Schultern. Sie trug nichts darunter. Er sah sie bewundernd an. „Du bist unheimlich süß, mein kleiner Hase", flüsterte er, legte seine Hände sanft auf ihren Busen und streichelte ihn behutsam.

Kerstin bog den Kopf nach hinten. Es war schön, so berührt zu werden. Leise bebend streckte sie sich auf dem Rücken aus und zog seinen Kopf an sich. Ihre

Finger wühlten in seinen dichten, kurz geschnittenen Haaren, die weich wie Samt waren; an ihrem Busen fühlte sie seine Brusthaare.

„Kerstin, ich liebe dich. Jetzt weiß ich es ganz genau. Liebst du mich auch?", fragte er nach langer Zeit.

Sie konnte nur nicken. Sie hatte keine Stimme mehr. Das, was in der letzten Stunde passiert war, war so herrlich und überwältigend gewesen, dass sie nichts mehr sagen konnte. Sie schlang ihre Arme um Dirk und schmiegte sich eng an ihn. Sie hatte ihren Platz gefunden: Er war bei Dirk, nur bei Dirk.

7. Kapitel

„Entweder, wir reden jetzt ernsthaft darüber, oder wir lassen es bleiben. Ich kann dein Geblöke nicht ertragen. Es ist mir nämlich ernst, das solltest du eigentlich gemerkt haben", sagte Dirk zu seinem besten Freund Jambo.

Es war Sonntagabend. Kerstin hatte ihn nach einem ganzen, herrlichen Tag voller Zärtlichkeit verlassen. Es war ihm unglaublich schwer gefallen, sie gehen zu lassen, aber er wusste, dass es sein musste.

Dirk war von seinen intensiven Gefühlen für Kerstin überrascht. Zu Beginn ihrer Bekanntschaft hatte er sich weiter nichts dabei gedacht, mit ihr zu flirten, wie er es immer tat, wenn ihm ein Mädchen gefiel. Aber dann hatte er entdeckt, dass Kerstin anders war als die Mädchen, die er kannte. Ihre Natürlichkeit, ihr unbekümmertes, offenes Wesen hatten ihn so fasziniert und beeindruckt, dass er bei sich selbst neue Reaktionen entdeckte. Endlich musste er einmal nicht den Coolen spielen, dem nichts unter die Haut ging. Kerstin erwartete nichts dergleichen von ihm. Im Gegenteil: Sie zeigte ihm, dass sie ihn am liebsten hatte, wenn er überhaupt keine Schau abzog, sondern er selbst war.

Aber als sie gegangen und er allein in seiner Wohnung zurückgeblieben war, dachte Dirk nach. Er wusste, dass seine Freundschaft mit Kerstin für sie beide nicht unproblematisch war. Nicht nur wegen Kerstins verbiesterten Eltern, sondern weil nicht wegzudiskutieren war, dass Kerstin noch nicht sechzehn und damit noch minderjährig war. Wäre sie siebzehn gewesen, er hätte sich an diesem herrlichen Tag, den sie ausschließlich im Bett verbracht hatten, bestimmt nicht zurückgehalten. Aber er hatte ihr gegenüber eine Verantwortung. Auch wenn es ihm schwer fiel – er war schließlich nicht aus Holz, und Kerstin war ein sehr süßes Mädchen, das überraschend leidenschaftlich auf seine Zärtlichkeiten reagierte – er musste sich zurückhalten! Kerstin sollte seinetwegen keine Schwierigkeiten haben.

Er musste mit irgendjemandem darüber reden, beschloss er, als er zwei Stunden nach Kerstins Abschied immer noch grübelnd auf dem Bett saß. Schnell zog er sich an und machte sich auf den Weg zu seinem Freund Jambo.

Jambo kratzte sich am Kopf und machte ein nachdenkliches Gesicht. Nach Dirks letzten Worten wusste er, dass Späßchen nicht gefragt waren. „Du musst doch gewusst haben, dass es Probleme gibt, wenn du dich mit einem Schulmädchen einlässt“, hielt er Dirk vor.

„Was heißt schon einlassen? Ich habe ja nicht gewusst, dass ich mich derart in Kerstin verlieben würde.“

„Sie ist zwar süß, aber sie ist eben noch ein Kind“, stellte Jambo fest. „Ist doch klar, dass ihre Eltern sie bewachen.“

„Ein Kind ist sie ganz bestimmt nicht mehr, und was ihre Eltern bringen, ist mehr als hart“, antwortete Dirk bedrückt. „Ihr Alter schreckt nicht mal davor zurück, sie zu schlagen.“

„Das kann ja heiter werden! Wenn Kerstins Vater ein Choleriker ist, ist es nur eine Frage der Zeit, bis er dir auf den Pelz rückt.“

Dirk schüttelte heftig den Kopf. „Davor hab ich am wenigsten Angst. Es geht mehr um Kerstin. Sie leidet darunter. Mich bedrückt etwas ganz anderes …“ Er berichtete Jambo von der Anstrengung, sich im Bett zurückzuhalten, wenn sie stundenlang miteinander schmusten, ohne bis zum Letzten zu gehen.

Jambo nickte wissend. „Das kommt davon, wenn man Jungfrauen mit ins Bett nimmt“, fiel er in seine alte Redensart zurück.

„Idiot!“, fuhr Dirk ihn an. „Kannst du nicht ein einziges Mal ernst sein?“

„Wenn sie kein Kind mehr ist, wie du sagst, und wenn ihr so verknallt ineinander seid, wo liegt dann das Problem? Wenn sie es auch will, dann brauchst du doch nicht den Heiligen zu spielen.“

„Das weiß ich selbst“, sagte Dirk. „Aber es ist doch komplizierter. Ich meine, ich habe irgendwie die Verantwortung.“

„So ist das nun mal, Dirk. Entweder du machst Schluss mit der Kleinen, oder du findest einen Weg, mit ihr zu schlafen und … Ach, ich weiß nicht. Mir wäre das zu anstrengend. Warum bist du nicht mit Nelli zusammengeblieben? Da gab's solche Probleme bestimmt nicht.“ Jambo stöhnte über die Uneinsichtigkeit seines Freundes und wusste doch, dass Dirk nicht zu helfen war. Wo die Liebe hinfällt …

„Mit ihr gab es aber auch nicht so tolle Stunden wie mit Kerstin“, gestand Dirk mit unverhohlener Begeisterung. „Ich habe noch nie so ein verdammt zärtliches Mädchen gekannt. Du glaubst nicht, wie lieb sie ist. Man wird ganz verrückt dabei.“

„Schön für dich“, kommentierte Jambo trocken. „Dann musst du den Schlamassel eben in Kauf nehmen.“

„Das werde ich auch. Glaubst du, ich gebe sie einfach auf, nur weil es Probleme gibt?“

„Du nicht", meinte Jambo nachdenklich. „Ich wäre da anders."

Drei Tage später passierte, was Kerstin und Dirk fast befürchtet hatten. Kerstin hatte sich unter dem Vorwand, mit Susi Schularbeiten zu machen, nach Geschäftsschluss mit Dirk getroffen. Wie immer waren sie in seine Wohnung gegangen, um allein zu sein. Hier waren sie sicher. Niemand sah sie, keiner machte sich über sie lustig, und kein Mensch konnte sie verraten.

An diesem Abend aber vergaßen sie die Zeit. Sie verloren sich in den wundervollsten Zärtlichkeiten und konnten nicht genug voneinander bekommen. Deshalb achteten sie nicht auf den Schlag der nahen Turmuhr, die sonst immer das Signal für Kerstins Aufbruch war. Die alte Uhr schlug zehn, und sie küssten sich noch immer, als sei es das letzte Mal. Die Uhr verkündete halb elf, und sie lagen eng umschlungen auf Dirks Bett und waren beide nackt. Um elf löste sich die leidenschaftliche Anspannung in ihnen, nachdem sie sich endlos lange gestreichelt hatten. Erst danach nahmen sie ihre Umgebung wieder wahr.

„O Gott, Hase, es ist schon nach elf! Wir haben die Uhr nicht gehört. Was sollen wir denn jetzt machen?" Dirk war ratlos. Er hatte Angst um Kerstin, denn inzwischen wusste er genau, was sie zu Hause erwartete.

Kerstin sprang aus dem Bett. „Mein Vater wird toben." Sie zog sich schnell an, aber sie wusste, dass die Eile nichts nutzte. Vor zwölf konnte sie nicht zu Hause sein.

„Ich fahre dich. Dann bist du schneller daheim", sagte Dirk und schlüpfte in seine Jeans.

Kerstin nickte stumm. Sie hatte Angst. Ein paar Mal

war sie eine halbe Stunde zu spät gekommen, aber da war Dirk noch nicht im Spiel gewesen, und trotzdem hatte ihr Vater getobt. Aber dass sie mitten in der Woche erst um Mitternacht nach Hause kam, würde mehr als einen handfesten Krach nach sich ziehen.

Dirk spürte ihre Angst. „Wenn du willst, gehe ich mit dir und rede mit deinem Vater", schlug er vor.

Sie schüttelte erschrocken den Kopf. „Das würde alles noch schlimmer machen."

Sie rannten so rasch sie konnten die Treppen hinunter und zu Dirks Auto. Er fuhr sehr schnell durch die Innenstadt und hinaus in die Vorortsiedlung, in der Kerstin wohnte.

„Nicht bis vors Haus! Garantiert erwartet mein Vater mich", bat Kerstin mit klopfendem Herzen.

„Aber ich will nicht, dass er dich wieder schlägt", stieß Dirk mit zusammengebissenen Zähnen hervor. „Wenn ich bei dir bin, wird er es nicht wagen."

„Das glaube ich nicht. Er wird mich erst recht schlagen, um dir zu beweisen, dass er mit mir machen kann, was er will." Kerstin schluchzte. Am schlimmsten war, dass der herrliche Abend so übel enden sollte. Natürlich war es ein Fehler gewesen, nicht auf die Zeit zu achten, das war ihr klar. Aber sie empfand keinerlei Schuldgefühle, dass sie mit Dirk geschmust hatte. Doch wie sollte sie das ihren Eltern klarmachen?

Dirk bremste scharf. Er hatte den VW einige Meter vor Kerstins Wohnblock zum Stehen gebracht. „Geh schnell, Kerstin! Aber ruf mich morgen an! Ich muss wissen, was passiert ist", bat er hastig.

Bevor Kerstin antworten konnte, wurde die Beifahrertür aufgerissen. Ihr Vater stand im Morgenrock da, mit einer Miene, die der eines Scharfrichters nicht unähnlich war. Zumindest stellte Kerstin sich Scharfrichter so vor.

Er packte Kerstin an ihrem Jeanshemd und riss sie nach vorn. Der Sicherheitsgurt hielt sie fest.

„Steig aus, du Strichmädchen!“, brüllte er ohne Rücksicht auf die nachtschlafende Zeit. „Dir werde ich's zeigen! Und diesem Schnösel auch, darauf kannst du dich verlassen.“

Kerstin befreite sich aus dem Sicherheitsgurt und stieg aus. Sie stand kaum auf ihren Beinen, als die erste Ohrfeige sie traf. „Nicht, Vati! Bitte, schlag mich nicht. Ich werde dir alles erklären“, flehte sie, aber es nützte nichts. Die zweite Ohrfeige traf sie mitten ins Gesicht.

„Sie werden Kerstin nie mehr schlagen“, hörte sie plötzlich Dirks Stimme. Er hielt den Arm ihres Vaters fest.

„Und das willst du verhindern, du Schnösel, du? Dass ich nicht lache! Kerstin ist meine Tochter, merk dir das! Wenn ich glaube, dass sie Schläge verdient hat, dann werde ich sie schlagen.“ Wie zur Bekräftigung seiner Worte riss er seinen Arm los und versetzte Kerstin eine dritte Ohrfeige. Sie war heftiger als die beiden zuvor.

Dirk fiel ihm erneut in den Arm. „Schlagen Sie mich, wenn Ihnen danach wohler ist. Aber ich warne Sie: Ich bin kein zartes Mädchen! Mich schlägt man nicht ungestraft.“

Er baute sich vor Hubert Kaiser auf.

Kerstin ging ein paar Schritte zurück und beobachtete mit angstgeweiteten Augen die Szene. Dirk war fast einen Kopf größer als ihr Vater, aber er war längst nicht so korpulent.

Ihr Vater hatte die Statur eines Gorillas und bewegte

sich auch so, als er drohend auf Dirk zuging und schrie: „Ich werde dich anzeigen! Morgen gehe ich zur Polizei! Hast du noch nie etwas von Verführung Minderjähriger gehört, du Sittenstrolch, du?“

„Vati!“, rief Kerstin „Hör doch auf damit, bitte! Dirk kann nichts dafür. Lass ihn in Ruhe!“

„Halt den Mund! Mit dir befasse ich mich später. Jetzt rede ich erst einmal mit deinem sauberen Freund“, tobte Hubert Kaiser. Er stieß Dirk so heftig vor die Brust, dass er taumelte. „Du wirst von mir hören!“, brüllte er dabei. „Und danach wirst du deine dreckigen Finger von meiner Tochter lassen.“

Kerstin wusste mit einem Mal, dass es nur noch einen Ausweg gab. Sie trat neben ihren Vater. „Lass Dirk in Ruhe, Vati! Ich werde mich nicht mehr mit ihm treffen.“

Ihr Vater stieß sie weg. „Ich bin nicht blöd, mein Kind. Du nimmst doch nicht an, dass ich dir glaube?“

Dann eben nicht, dachte Kerstin Sie hätte es getan! Wenn ihr Vater Dirk endlich in Ruhe gelassen hätte, hätte sie ihm das Versprechen gegeben, sich nicht mehr mit ihm zu treffen. Wenn er ihr aber sowieso nicht glaubte, wozu dann?

Erst als Fenster aufgingen und neugierige Nachbarn nachschauten, was auf der Straße vor sich ging, wurde Hubert Kaiser ruhiger. Er umklammerte Kerstins Arm wie ein Schraubstock. „Dich nehme ich mit nach Hause. Mach dich auf etwas gefasst!“, drohte er ihr. Dann wandte er sich noch mal an Dirk. „Du hörst von mir – oder von der Polizei. Und ich werde deinen Arbeitgeber darüber informieren, was du in deiner Freizeit treibst. Vielleicht vergeht dir dann der Spaß daran, dein Mütchen an kleinen Mädchen zu kühlen.“

Kerstin schämte sich über die unbeherrschte, plumpe Art ihres Vaters fast zu Tode. Und sie hatte Angst, er könnte seine Drohungen wahr machen. Sie wusste von Dirk, dass es im Moment Probleme in seiner Firma gab. Der Jeans-Shop war an eine Handelskette verkauft worden, und die hatte vor, Personal einzusparen. Dirk hatte ihr von Gerüchten erzählt, dass zwei der fünf Angestellten entlassen werden sollten. Natürlich bangte er um seinen Job. Ihr Vater könnte ihm also durchaus schaden, wenn er in seiner Wut zum Geschäftsführer ging.

„Gute Nacht, Dirk! Und danke, dass du mir geholfen hast", sagte sie, obwohl ihr Vater zuhörte.

Dirk nickte ihr aufmunternd zu. Aber sie bemerkte, wie blass und angespannt er aussah. Das war schlimmer für sie als das, was sie noch in der Wohnung erwartete.

Kerstin nahm allen Mut zusammen. „Wenn du mich schlägst, rufe ich die Polizei an – oder den Jugendschutzbund. Ich lasse mich nicht mehr von dir schlagen", erklärte sie ihrem verblüfften Vater. „Ich weiß aus dem Jugendclub, dass man sich das nicht gefallen lassen muss. Du hast kein Recht, mich zu prügeln. Ich kann dort hingehen und auch bleiben. Es gibt extra ein Wohnheim für Kinder und Jugendliche, die zu Hause geschlagen werden. Das habe ich in einer Broschüre gelesen, die im Jugendclub liegt."

Das Gesicht Hubert Kaisers wurde steinern. „Willst du mir etwa drohen?"

„Nein, Vati, aber ich will mich auch nicht mehr schlagen lassen." Kerstin kannte ihren Vater. Er hatte Respekt vor Institutionen und Behörden jeder Art. Von der Existenz des Jugendschutzbundes wusste sie nicht aus dem Jugendclub, sondern von Dirk. Er hatte ihr vor ein paar Tagen ein Merkblatt dieser Organisation mitgebracht. Es war ihre einzige Waffe gegen ihren zu Wutanfällen neigenden Vater, und wenn es nicht anders ging, würde sie sie nutzen.

Schon der Hinweis auf diese Einrichtung genügte, um Kerstin vor einer Tracht Prügel zu bewahren. „Wenn du es wagst, irgendjemandem etwas über mich zu erzählen, werde ich dafür sorgen, dass du in einem Erziehungsheim landest. Genau dort gehörst du hin", drohte ihr Vater nun.

„Du kannst es ja versuchen", gab Kerstin kalt zurück. „Aber glaub nur nicht, dass ich beim Jugendamt nicht ganz genau berichten werde, wie schlecht du mich behandelst."

„Ich behandle dich nicht schlecht! Ich versuche nur, dich zu einem anständigen Menschen zu erziehen!", brüllte ihr Vater nun völlig außer sich.

„Ich bin nicht unanständig, nur weil ich Dirk liebe", erklärte Kerstin fest. „Du kannst uns nicht auseinander bringen. In ein paar Wochen werde ich sechzehn, und dann habe ich schon weit mehr Rechte."

Ihr Vater schüttelte ungläubig den Kopf. „Ich höre wohl nicht richtig? Du wirst dich wundern, mein Kind, was ich alles kann. Morgen nehme ich mir einen Tag frei, und dann werde ich einige Besuche abstatten. Danach, da kannst du sicher sein, wird dein Dirk nichts mehr mit dir zu tun haben wollen."

Jetzt bekam Kerstin erst richtig Angst. Ihr Vater würde vor nichts zurückschrecken, um Dirk zu schaden, das wurde ihr erschreckend klar. Und sie allein war schuld daran.

„Wenn du unbedingt musst, dann lass deine Wut an

mir aus“, sagte sie. „Ich will nicht, dass du Dirk Schwierigkeiten machst.“

„Was du willst, interessiert mich nicht. Dein Dirk wird noch an mich denken, darauf kannst du dich verlassen!“

Die letzten Worte ihres Vaters stürzten Kerstin in tiefe Verzweiflung. Jetzt wusste sie nicht mehr weiter. Sie wusste nur mit Bestimmtheit, dass die Zeit des Glücks erst einmal vorbei war. Ihr Vater würde vor nichts zurückschrecken.

Sie verließ niedergeschlagen das Wohnzimmer, ohne auf den Einspruch ihres Vaters zu achten. In ihrem Zimmer warf sie sich weinend auf ihr Bett. Ihre Gedanken überschlugen sich, aber ein Ausweg war nicht in Sicht. Nicht einmal ihre Mutter war aufgetaucht, um ihr Beistand zu leisten, dachte sie verzweifelt. Sie war den Launen ihres Vaters hilflos ausgeliefert. Und was das hieß, konnte sie sich vorstellen …

8. Kapitel

Dirks Chef war ein missmutiger Mensch. Er war zwar erst Anfang dreißig, aber das war nicht zu spüren. Vielleicht war an seiner permanent schlechten Laune auch seine schwierige persönliche Lage schuld, in der er sich befand. Er hatte den Jeans-Shop in der Innenstadt gegründet und daraus einen flotten Laden gemacht. Dann hatte er geheiratet, und seine Frau brauchte mehr Geld, als der Laden abwarf. Irgendwann waren die Bilanzen dann so mies gewesen, dass ihm nichts anderes übrig blieb, als den Shop an eine größere Handelskette zu verkaufen. Das war vor etwa einem Monat passiert, und seither war er nur noch ein Angestellter in seinem eigenen Geschäft. Kein Wunder, dass seine Laune nicht die beste war.

Am Freitagmorgen hatte Peter Brodmann Dirk zu sich beordert. Auch Dirk war nicht in bester Verfassung. Seit Mittwochabend hatte er Kerstin nicht mehr gesehen. Sie hatte ihn am Donnerstagvormittag während der großen Pause angerufen und ihm erzählt, was ihr Vater abgezogen hatte. Es war klar, dass sie erst einmal Funkstille einlegen mussten, wenn sie das Schlimmste verhindern wollten. Es fiel ihnen beiden schwer, aber sie verabredeten, sich bis zum Wochenende erst mal nicht zu sehen.

Als Dirk ins Büro seines Chefs ging, hatte er ein ungutes Gefühl in der Magengegend. Die Drohung von Kerstins Vater war ihm noch deutlich in Erinnerung. Und richtig, Kerstins Vater hatte ihm die Probleme eingebrockt, mit denen Peter Brodmann ihn nun konfrontierte.

„Wie ich höre, treiben Sie es seit neuestem mit

minderjährigen Schulmädchen", warf ihm sein Chef ohne irgendein einleitendes Wort vor.

Dirk wusste nicht, wie er sich verhalten sollte. Er war der Ansicht, dass seine Freundschaft mit Kerstin seinen Boss nichts anging, aber er kannte auch die Pläne der neuen Inhaber, das Personal zu reduzieren. Somit war es sicher nicht angebracht, Brodmann zu reizen.

„Ich weiß nicht, was Sie meinen." Dirk versuchte Zeit zu gewinnen.

„Das wissen Sie bestimmt. Ich hatte gestern Besuch von einem sehr aufgebrachten Vater, der um seine Tochter besorgt ist. Ich muss sagen, ich verstehe den Mann", erklärte Brodmann mit einem unangenehmen zweideutigen Grinsen.

Dirk hätte ihn am liebsten gewürgt. „Sie meinen Kerstins Vater?"

„Jawohl, genau den meine ich, Herrn Kaiser. Dirk, wir können es uns nicht leisten, dass unser Personal den Shop in Verruf bringt. Sie wissen so gut wie ich, dass wir hauptsächlich junge Kunden haben. Stellen Sie sich einmal vor, was passiert, wenn besorgte Mütter erfahren, dass einer unserer Verkäufer scharf auf kleine Mädchen ist."

Dirk kam es so vor, als hätte Brodmann ein satanisches Vergnügen an der Sache. Sein Chef grinste derart unverschämt, dass er wütend wurde. „Ich bin nicht scharf auf kleine Mädchen. Das habe ich nicht nötig."

„Herr Kaiser sieht das ganz anders", konterte Brodmann. „Er hat sehr deutlich gemacht, dass er seine kleine Tochter vor Ihnen beschützen muss. Mal abgesehen von allem anderen bin ich nicht erpicht darauf, von besorgten Vätern heimgesucht zu werden, Dirk. Sie wissen, dass sich in unserem Geschäft einiges verändern wird. Es könnte sein, dass Sie zu den beiden Beschäftigten gehören, deren Stelle eingespart wird."

Die letzten Worte Brodmanns erschreckten Dirk. Er machte sich Sorgen. Seine Aufgabe war zwar kein Traumjob, aber er verdiente nicht schlecht und bekam zwanzig Prozent Einkaufsermäßigung. Außerdem hoffte er insgeheim, eines Tages besser zu sein als der ewig missgelaunte Brodmann, und dass ihm vielleicht sogar die Leitung der jetzigen Filiale des Jeans-Shops übertragen wurde. Er wollte nicht für den Rest seines Lebens ein kleiner Verkäufer in einem Jeansladen bleiben. Er hatte keine andere Wahl, als einzulenken.

„Es tut mir Leid, wenn Sie Unannehmlichkeiten hatten. Herr Brodmann. Ich wäre Ihnen dankbar, wenn Sie das, was Sie wissen, nicht gegen mich verwenden würden."

„Na also, es geht doch! Mir persönlich täte es Leid, wenn wir auf Sie verzichten müssten. Sie haben den nötigen Drive im Umgang mit den jungen Leuten, die bei uns kaufen. Genau genommen ist es ja nicht schlecht, wenn die Mädchen zu uns kommen, weil Ihr Gesicht ihnen gefällt", lästerte Peter Brodmann mit anzüglichem Grinsen.

„Bei diesem Gespräch läuft aber auch alles schief", dachte Dirk. Eigentlich hätte er Brodmann gern gesagt, was er von ihm hielt. Schleimer! Versager! Außerdem fühlte er sich mies, weil er das Gefühl hatte, seine Liebe zu Kerstin verraten zu haben. Er hatte Brodmann Recht gegeben ...

„Kann ich jetzt gehen? Ich wollte noch die Ware für das große Fenster richten. Morgen Vormittag kommt der Dekorateur." Er wollte raus aus diesem Büro und weg von Brodmann, der ihn den letzten Nerv kostete.

„Sie können gehen, wenn Sie mir versprechen, dass das der erste und der letzte Besuch eines Vaters war, der sich Ihretwegen graue Haare wachsen lässt“, sagte Brodmann süffisant.

Dirk hasste seinen Chef. Und er war mit sich selbst äußerst unzufrieden. Peter Brodmann hatte eigentlich eine ganz andere Antwort verdient als die, die er sich dann schließlich abrang. „Die Sache mit Kerstin Kaiser ist nichts anderes als alle anderen auch“, behauptete er, obwohl er es besser wusste. „Ich kann nichts für ihren Vater.“

„Das sehe ich ein. Aber achten Sie darauf, dass so etwas nicht noch einmal vorkommt! Wenn der Vorfall bis zu unseren neuen Besitzern vordringen sollte, sehe ich schwarz für Sie, Dirk.“

Dirk wusste genau, dass das nur der Fall war, wenn Brodmann petzte. Trotzdem sagte er: „Ich hoffe, dass ich weiterhin hier arbeiten kann. Ich tue es nämlich gern.“

Brodmann fühlte sich gebauchpinselt. „Wir waren ja auch mit Ihnen zufrieden, Dirk“, sagte er großzügig. „Sehen Sie halt zu, dass Sie Ihr Privatleben wieder in Ordnung bringen.“

Dirk war entlassen. Er bebte innerlich vor Empörung und wusste doch, dass ihm nichts anderes übrig blieb, als sich nach Brodmanns Wünschen zu richten. Andernfalls würde er sich bald nach einem neuen Job umsehen müssen.

Kerstin ging es auch nicht besser. Sie wurde mitten aus der Biostunde zu ihrem Klassenlehrer gerufen – fast um die gleiche Zeit, zu der Peter Brodmann Dirk ins Gebet nahm.

„Setz dich, Kerstin. Unser Gespräch wird länger dauern“, forderte Dr. Jakob sie auf.

Kerstin nahm Platz.

Dr. Jakob war eigentlich ihr Lieblingslehrer. Sie war richtig froh darüber, dass ausgerechnet der Konrektor ihre Klasse im letzten Schuljahr übernommen hatte. Er war in Ordnung. Er war zwar streng, aber er ordnete nie etwas an, ohne es detailliert zu begründen. Außerdem hatte er eine nette Art, mit den Schülern umzugehen. Und er hatte mehr Verständnis für die Jugendlichen als so mancher Vater zu Hause.

„Kerstin, du bist eine gute Schülerin“, eröffnete er nun das Gespräch.

Kerstin antwortete nicht. So toll fand sie ihre Leistungen nicht.

„Auch wenn in letzter Zeit deine Leistungen etwas nachgelassen haben – gerade in meinem Fach. Dabei warst du mal die Beste in Deutsch.“

„Ich weiß“, murmelte Kerstin etwas verlegen. Sie hatte in den letzten Wochen einige andere Dinge im Kopf gehabt, als Aufsätze zu schreiben und Gedichte auswendig zu lernen.

„Ich hatte mir bereits Gedanken gemacht. Machen wir es kurz: Heute Vormittag war dein Vater bei mir“, fuhr Dr. Jakob mit mildem Vorwurf in der Stimme fort.

Kerstin erschrak. Also hatte ihr Vater seine Drohung wirklich wahr gemacht! Wenn er bei ihrem Klassenlehrer gewesen war, war er garantiert auch zu Dirks Chef gelaufen …

„Dein Vater macht sich Sorgen um dich, Kerstin, und ich vermute, er hat allen Grund dazu.“

„Aber wieso denn?“, fragte Kerstin, obwohl sie die Antwort kannte.

„Wie ich höre, hast du einen neuen Freund, der viel älter ist als du …"

„Das ist meine Sache", stieß Kerstin hervor.

Dr. Jakob lächelte nicht ohne Verständnis. „Das siehst du falsch, Kerstin. Du bist noch sehr jung."

„Ich bin fast sechzehn."

„Das ist mir bekannt. Trotzdem muss ich deinem Vater zustimmen. In deinem Alter bist du zu jung für einen festen Freund, der zudem wesentlich älter ist als du."

Kerstin wusste nur noch einen Ausweg. Sie musste versuchen, an Dr. Jakobs Verständnis zu appellieren. „Aber Dirk und ich lieben uns. Ich kann nichts dafür, dass ich erst sechzehn werde und er schon zwanzig wird. Wir verstehen uns so gut … Mein Vater kennt meinen Freund ja gar nicht. Ich glaube, es geht ihm auch gar nicht so sehr um Dirk. Er will mir einfach zeigen, wer der Herr im Haus ist. Das ist immer so …" Ihre Stimme versagte, und Tränen schossen ihr in die Augen.

„Du hast es sicherlich nicht leicht, Kerstin", meinte Dr. Jakob mitfühlend. „Aber du musst auch mich verstehen. Dein Vater hat mich darum gebeten, dafür zu sorgen, dass dein Freund dich nicht mehr von der Schule abholt. Ich bin dazu verpflichtet, mich in dieser Sache auf die Seite deines Vaters zu stellen, eben weil du noch minderjährig bist. Dein Vater hat verfügt, dass du so lange in der Schule bleibst, bis deine Mutter dich abholt. Tut mir Leid, Kerstin, aber das ist die Lage. Ich kann mich nicht darüber hinwegsetzen."

Für Kerstin waren die Worte ihres Klassenlehrers ein furchtbarer Schock. Sie sollte eingesperrt werden. Zu Hause sowieso und nun auch noch in der Schule! Allein die Vorstellung, dass sie künftig täglich von ihrer Mutter abgeholt werden und keine Möglichkeit mehr haben sollte, Dirk zu sehen, brachte sie zur Verzweiflung. „Darf mein Vater das denn?“, fragte sie empört. „Kann er mich einfach einsperren?“

„In dieser Form ja, Kerstin. Er hat das Recht, dich von Leuten fern zu halten, von denen er glaubt, dass sie einen schlechten Einfluss auf dich ausüben.“

„Dirk übt aber keinen schlechten Einfluss auf mich aus! Er ist der einzige Mensch, der mich wirklich lieb hat. Und ich liebe ihn. Wenn ich ihn nicht mehr sehen darf, habe ich überhaupt niemanden mehr.“ Jetzt weinte sie wirklich.

Dr. Jakob stand auf und ging um den Schreibtisch herum auf sie zu.

„Es tut mir wirklich Leid für dich, Kerstin, aber ich fürchte, du musst da durch. Ich kann dir nicht helfen. Dazu kommt, dass ich bis zu einem gewissen Grad auch deinen Vater verstehe. Ich kann dir nur raten, dich nicht mit deinen Eltern zu zerstreiten. Du bist zu jung, um schon auf eigenen Füßen zu stehen. Und ständiger Streit belastet. Versuch, mit deinen Eltern zu reden und dich gütlich mit ihnen zu einigen. Und vielleicht bittest du deinen Freund, so lange auf dich zu warten, bis du wenigstens sechzehn bist. Das sind doch nur noch wenige Wochen, oder nicht?“

Kerstin schluchzte. „Ich verstehe einfach nicht, warum man niemanden lieben darf, wenn man noch nicht sechzehn ist! Wegen der paar Wochen! Mein Vater ist so ungerecht. Er vertraut mir nicht …“

„Versuch, ihn zu verstehen, Kerstin! Er macht sich eben Sorgen um seine hübsche Tochter.“

Aber Kerstin schüttelte nur verzweifelt den Kopf.

Von wegen Sorgen! „Kann ich jetzt bitte gehen?“, bat sie dann leise.

„Ja, Kerstin. Es tut mir Leid, dass ich dir solchen Kummer machen musste. Wenn du nicht weiterweißt, kannst du jederzeit zu mir kommen. Wir können versuchen, eine Lösung zu finden ...“

„Vielen Dank“, murmelte sie mit tränenerstickter Stimme. „Aber ich glaube nicht, dass mir jemand helfen kann.“

Dass ihr Vater so weit gehen würde, sie vor ihrem Lieblingslehrer bloßzustellen, hätte sie nie geglaubt. Das würde sie ihm nie verzeihen!

„Mensch, wie siehst du denn aus?“, rief Susi leise, als sie sich wieder neben ihre Freundin setzte. „War es so schlimm?“

Kerstin konnte nur kraftlos nicken. „Alle verbieten mir, Dirk zu sehen. Dr. Jakob soll auf mich aufpassen, und meine Mutter will mich tatsächlich jeden Tag von der Schule abholen“, flüsterte sie Susi voller Verzweiflung zu.

„So ein Mist“, sagte Susi mitfühlend. „Und was jetzt?“

Kerstin zuckte hilflos mit den Schultern. „Ich weiß es nicht. Am liebsten würde ich von zu Hause abhauen, ganz egal, wohin.“

„Und Dirk?“

„Ich weiß nicht. Ich konnte ja noch nicht mal mit ihm reden.“

Kerstin legte schluchzend ihren Kopf auf das Bioheft.

Zum Glück war die Biolehrerin so mit sich selbst beschäftigt, dass sie nicht merkte, was in der vierten Reihe vor sich ging. Sie stand an der Tafel und dozierte über das seltene Vorkommen von Orchideen. Ganz sicher kein Thema, das für Kerstin von Belang war.

In der kleinen Pause hatte Kerstin zumindest für heute eine Lösung für ihr Problem gefunden. Schließlich zwang man sie zu Notmaßnahmen. „Susi, hör zu! Ich telefoniere jetzt mit Dirk, und dann haue ich ab. Wenn der Sportlehrer fragt, wo ich bin, sagst du einfach, mir sei schlecht geworden. Dirk hat um zwölf Mittagspause. Ich gehe von der Schule direkt zu ihm. Dann haben wir zumindest so lange Zeit, bis meine Mutter dahinterkommt, dass sie umsonst wartet. Ich muss unbedingt mit Dirk reden, ganz egal, wie."

„Aber das ist gefährlich", versuchte Susi ihre Freundin von ihrem Vorhaben abzubringen. „Weiß deine Mutter, wo Dirk wohnt?"

„Keine Ahnung", antwortete Kerstin, „und es ist mir auch egal. Sie kann frühestens um halb zwei bei seiner Wohnung sein, wenn sie mich dort sucht. Also bleiben mir eineinhalb Stunden mit ihm."

„Dich hat's wirklich schwer erwischt. Mir wäre das Risiko zu groß", stellte Susi fest.

„Du bist auch nicht so verliebt wie ich", antwortete Kerstin. „Also, was ist nun? Hilfst du mir?"

„Okay, Kerstin, weil du meine beste Freundin bist. Aber wohl ist mir nicht dabei."

„Danke, Susi!"

Kerstin ging ins Klassenzimmer und packte ihre Sachen in die Schultasche. Dann verließ sie die Schule und rief von der ersten Telefonzelle aus Dirk im Jeans-Shop an.

„Du solltest mich hier nicht anrufen", sagte Dirk. Er klang anders als sonst.

„Aber ich musste unbedingt, Dirk. Es ist so vieles passiert …"

„Bei mir auch. Dein Vater war bei meinem Boss und hat mit ihm gesprochen."

„O nein, Dirk! Das hat er wirklich getan?"

„Allerdings. Es war kein Eisschlecken, das kann ich dir sagen. Ich musste mir einiges anhören …"

„Es tut mir so Leid, Dirk, aber bei mir ist es auch furchtbar. Können wir uns nicht in deiner Mittagspause bei dir treffen?"

„Du hast doch Schule bis um eins."

„Ich bin abgehauen, weil ich dich unbedingt sehen muss. Bitte, Dirk! Ich muss dringend mit dir reden. Ich werde noch verrückt …"

„Ist ja gut, Hase. Ich bin kurz nach zwölf bei mir. Warte dort auf mich. Du weißt ja, wo der Schlüssel ist."

Sie war erleichtert. Nur noch eine knappe Stunde, und er würde sie trösten. Wenn sie bei Dirk war, würde alles leichter sein. Vielleicht wusste er eine Möglichkeit, wie sie aus all diesen Problemen herauskommen und doch zusammenbleiben könnten.

Sie machte sich auf den Weg zu seiner Wohnung, und als sie kurz nach halb zwölf dort ankam, überwog bereits die Vorfreude auf Dirk und drängte ihren Kummer in den Hintergrund.

Sie stieg die Treppen hinauf und nahm den Schlüssel aus der kleinen Nische neben seiner Wohnungstür, wo er hinter einer Klappe versteckt war. Dann schloss sie auf und betrat das Zimmer, das sofort eine beruhigende Wirkung auf sie hatte. Wie glücklich war sie hier schon gewesen! Dirks kleine Dachwohnung war ihre Zuflucht und der Ort, nach dem sie sich Tag und Nacht sehnte.

Lächelnd stellte sie fest, dass er morgens sein Bett nicht gemacht hatte. Schnell zog sie sich aus und kroch hinein. Sie vergrub sich in den nach Dirk riechenden Kissen und Decken und fühlte sich fast wieder gut. Hier konnte ihr niemand etwas anhaben. Das war ihr Platz! Hier gehörte sie her.

9. Kapitel

„Na so was! Es ist doch noch nicht Ostern." Kerstins Anblick allein ließ Dirk fast sofort allen Ärger vergessen. Sie saß nackt in seinem Bett und hatte die Decke bis über ihren kleinen, festen Busen hochgezogen. Aus großen blauen Augen sah sie ihn tieftraurig an.

„Ich liebe sie wirklich!", schoss es durch seinen Kopf.

Sie lächelte unsicher. „Warum sollte denn Ostern sein?"

Er setzte sich zu ihr aufs Bett und nahm sie in die Arme. „Weil ein kleiner Hase sich in meinem Bett versteckt hat", flüsterte er ihr ins Ohr.

„Ich konnte nicht anders", sagte sie leise und schmiegte ihr Gesicht an seine Brust. „Ach, Dirk, warum ist bloß alles so schlimm? Warum lassen die Leute uns nicht in Ruhe?"

Er küsste sie sanft und versuchte, sie zumindestens etwas damit zu trösten.

„Es ist nun mal so, Häschen. Du bist eben doch noch ein kleines Mädchen …"

„Bin ich nicht!", protestierte sie und schlang ihre Arme um seinen Nacken. Dann küsste sie ihn, um ihm zu beweisen, dass sie alles andere als ein kleines Mädchen war.

Dirk erwiderte ihren Kuss mit aller Leidenschaft, die in ihm war. Trotz des Ärgers mit seinem Chef, trotz Jambos dummer Sprüche und dem Gespött der Clique war er sicher, Kerstin zu lieben. Sie war viel reifer als andere Mädchen in ihrem Alter, und vor allem war sie genau so, wie er Mädchen mochte: zärtlich und anschmiegsam und ohne Scheu, wenn es darum ging, ihm zu zeigen, wie lieb sie ihn hatte. Sie zierte sich nicht, war nicht kokett, und niemals sagte sie etwas anderes als das, was in ihr vorging. Sie war so erfrischend unkompliziert und anspruchslos. Wenn er da an Nelli dachte, der nichts gut genug war und die ihn regelrecht ausgenommen hatte …

Tatsache war, dass es ihm zunehmend gleichgültig war, wie alt Kerstin war. Trotzdem hatten die Auseinandersetzung mit ihrem Vater und das Gespräch mit Brodmann Spuren hinterlassen. Es nagte an ihm, dass alle Welt plötzlich zu glauben schien, ihm Vorschriften machen zu können. Dazu kam, dass er jahrelang die Rolle des Draufgängers und Aufreißers gespielt hatte, dem kein Mädchen ernsthaft gefährlich werden konnte. Jeder seiner Freunde hatte angenommen, dass er jedes weibliche Wesen haben konnte, das er wollte. Es war also nicht verwunderlich, dass sie sich jetzt über ihn lustig machten, wo er sich ausgerechnet mit einem Schulmädchen zusammengetan hatte …

„Woran denkst du?“, holte Kerstin ihn aus seinen Gedanken. „Bist du böse auf mich, weil mein Vater zu deinem Chef gegangen ist?“

„Aber nein, Dummchen“, sagte er sofort. Er nahm sie fester in die Arme und wurde sich bewusst, dass er diesen schmalen, zierlichen Körper genauso liebte wie das ganze Mädchen, das ihm diese Komplikationen eingebrockt hatte. Er mochte es, wenn sie sich so an ihn schmiegte wie jetzt, wenn sie ihm deutlich zeigte, wie sehr sie ihn liebte. So viel Gefühl war er nicht gewohnt. Er war in dieser Hinsicht durch seine bisherigen Mädchenbekanntschaften nicht verwöhnt. In dem Kreis, in dem er sich bewegt hatte, ging man anders mit Gefühlen um, als Kerstin es tat. Man zeigte sie möglichst überhaupt nicht, und wenn, kochte man sie auf Sparflamme nach der Devise: Nur nichts an sich herankommen lassen …

Kerstin suchte mit ihren vollen, feuchten, warmen Lippen seinen Mund. Er stöhnte leise. Er liebte Kerstin nicht nur, er brauchte sie. Durch sie war er endlich so etwas wie ein lebender Mensch geworden. Er war kein gut funktionierender Automat mehr …

Sie sanken auf Dirks Futonbett und waren unendlich zärtlich zueinander. Beide brauchten diese Zärtlichkeiten jetzt.

Hätte es die schreckliche Szene am Mittwochabend nicht gegeben, hätte ihr Vater Kerstin nicht vor Dirks Augen geschlagen, wäre er nicht bei Dr. Jakob gewesen und bei Dirks Chef, dann hätte Kerstin den folgenden Satz wahrscheinlich noch lange nicht gesagt: „Ich will dich ganz spüren, Dirk. Bitte!“ Es lag viel Liebe in diesen Worten, aber auch eine Spur von Trotz, endlich das zu tun, was sie wollte.

In Dirk ging Ähnliches vor. Er zögerte kurz, dachte an die vielen Probleme, die er sich eingebrockt hatte, aber dann überließ er sich seinen Gefühlen für Kerstin. Er nahm sie fest in die Arme. „Bist du sicher, dass es dir nicht Leid tun wird?“

Sie küsste ihn. „Wie kannst du nur so etwas fragen“, flüsterte sie ihm ins Ohr. „Wie kann mir etwas Leid tun, das ich mehr will als sonst etwas auf der Welt?“

Nein, bitte nicht, dachte Kerstin. Nicht jetzt und nicht so! Sie lag nackt in Dirks Armen und war bis vor zwei Minuten unendlich glücklich gewesen. Dann hatten ununterbrochenes Pochen an Dirks Wohnungstür und Dauerklingeln sie aus ihrer Verzückung gerissen. Die

Stimme, die fast hysterisch nach ihr rief, kannte sie nur zu gut:

Sie gehörte ihrer Mutter.

„Kerstin! Ich weiß, dass du da drin bist. Mach sofort auf!"

Kerstin suchte Schutz, indem sie sich noch enger an Dirk schmiegte. „Ich will nicht", murmelte sie mit ganz leiser Stimme. „Sie soll wieder gehen."

Dirk küsste sie ungeheuer zärtlich auf die Nasenspitze. „Ich glaube, wir müssen aufmachen, Hase. Deine Mutter schreit das ganze Haus zusammen. Außerdem muss ich bald in den Laden zurück. Es ist schon fast halb zwei."

„Nein, Dirk, bitte nicht! Es war so schön. Ich will nicht, dass meine Mutter alles kaputtmacht", flehte Kerstin unter Tränen.

„Wir werden versuchen, vernünftig mit ihr zu reden. Vielleicht hört sie zu", beruhigte er sie und schob sie von sich. Dann stand er auf und schlüpfte schnell in seine Kleider. „Zieh dich auch an, Kerstin. Du kannst deine Mutter nicht empfangen, solange du nackt in meinem Bett liegst."

Irgendwie brachte diese Vorstellung Kerstin zum Lächeln, obwohl die Situation wirklich alles andere als lustig war. Das Gesicht ihrer Mutter hätte sie sehen mögen …

„Moment, Frau Kaiser, ich mache gleich auf!", rief Dirk in Richtung Tür. Gleichzeitig reichte er Kerstin ihre Sachen. „Nun mach schon, Hase! Deine Mutter dreht gleich durch."

Kerstin zog sich endlich an. Als sie ihre Jeans und das Hemd anhatte und eben in ihre Turnschuhe schlüpfte, öffnete Dirk die Tür.

Frau Kaiser stürzte mit rotem Gesicht ins Zimmer. „Das ist die absolute Höhe!“, rief sie außer sich. „Was glaubst du wohl, was dein Vater dazu sagen wird, dass ich dich aus dem Bett deines sauberen Freundes gezerrt habe?“

„Ich liege nicht im Bett, und du hast mich nicht rausgezerrt“, widersprach Kerstin trotzig.

„Und warum hat es so lange gedauert, bis ihr aufgemacht habt? Glaubst du, ich wüsste nicht, was ihr getrieben habt?“

Die Situation war so sonnenklar, dass auch Kerstin wusste, dass lügen nichts mehr half.

„Mutti, warum verstehst du mich denn nicht? Du warst erst neunzehn, als ich auf die Welt gekommen bin, und du hast mir selbst erzählt, dass du Vati schon im Sandkasten geliebt hast. Ihr habt doch bestimmt nicht gewartet, bis du achtzehn warst, oder? Du müsstest doch eigentlich verstehen, wie das ist, wenn man sehr verliebt ist.“ Es war ihr jetzt alles egal. Entweder gelang es ihr, ihre Mutter versöhnlich zu stimmen, oder eben nicht. Schlimmer als es war, konnte es sowieso nicht werden.

Immerhin hörte Frau Kaiser auf zu schreien. Sie setzte sich auf Dirks Schreibtischstuhl und sah sich in seinem Zimmer um. „Wenn ich gewusst hätte, dass du bereits eine eigene Wohnung hast, hätte ich Kerstin nicht mehr allein vor die Tür gelassen“, sagte sie zu Dirk.

„Bitte, Frau Kaiser, kann ich Ihnen erklären ...“

„Ich wüsste nicht, was es da zu erklären gibt. Mein Mann wird die nötigen Schritte unternehmen. Das, was Kerstin sich heute erlaubt hat, schlägt dem Fass den Boden aus. Es ist unglaublich! Wir werden nicht dulden, dass unsere minderjährige Tochter in ihr Unglück rennt …"

„Dirk ist nicht mein Unglück. Ich liebe ihn," begann Kerstin mit vor Empörung zitternder Stimme.

„Und ich liebe Kerstin. Wir können nichts dafür, dass sie erst sechzehn wird und ich schon zwanzig. Es spielt aber auch keine Rolle. Wir gehören zusammen, das wissen wir genau …"

„Ihr müsst doch verrückt geworden sein! In diesem Alter …

„Aber du hast doch auch in diesem Alter …", unterbrach Kerstin aufs Neue ihre Mutter.

„Das war etwas ganz anderes. Ich kannte deinen Vater schon als Kind. Ich kannte auch seine Eltern, und unsere Eltern kannten sich. Ich konnte ihm ganz vertrauen …"

„Ich vertraue Dirk auch!", schrie Kerstin. „Warum verstehst du das denn nicht?"

Ihre Mutter antwortete nicht. Sie schien über etwas nachzudenken. Kerstin schaute mit trotzigem Gesichtsausdruck auf den Fußboden, und Dirk sah auf seine Armbanduhr.

„Es tut mir Leid, Frau Kaiser, aber ich muss dringend zur Arbeit. Um zwei muss ich wieder im Geschäft sein."

„Ich halte dich nicht davon ab. Ich nehme Kerstin jetzt mit nach Hause, und ich werde dafür sorgen, dass ihr euch nicht mehr sehen werdet. Du kannst also ganz beruhigt deiner Arbeit nachgehen. Diese Sorge bist du los", erklärte Kerstins Mutter.

„Du bist gemein, Mutti", sagte Kerstin bedrückt. „Wenigstens du könntest doch zu mir halten."

„Mach dir keine falschen Hoffnungen", antwortete

Frau Kaiser und stand auf. „Und nun komm mit! Mir reicht es für heute, das kannst du mir glauben."

Kerstin und Dirk konnten sich nicht einmal voneinander verabschieden. Sie sahen sich nur an und versuchten, sich mit den Augen das Versprechen zu geben, zusammenzuhalten, ganz egal, was noch kommen würde.

Dann ließ Kerstin sich von ihrer Mutter aus der Dachwohnung zerren, in der sie unendlich glücklich gewesen war.

Sie sprachen kein Wort miteinander, als sie mit dem Bus nach Hause fuhren. Frau Kaiser saß mit steinernem Gesicht neben ihrer Tochter, und Kerstin grübelte über ihr Unglück nach. Sie sah keinen Ausweg aus der Situation. Im Gegenteil: Es würde noch schlimmer werden, wenn ihre Mutter ihrem Vater alles erzählte.

Von der Bushaltestelle aus liefen sie immer noch schweigend den kurzen Weg zu ihrem Wohnblock, bis Kerstin es nicht mehr aushielt.

„Mutti, bitte, kannst du nicht wieder gut sein? Ich bin so traurig. Warum hilfst du mir nicht?", flehte sie.

„Weil du mich sehr enttäuscht hast, Kerstin", antwortete ihre Mutter.

„Aber warum denn bloß, Mutti? Ich liebe Dirk, warum glaubst du das nicht?"

„Weil du viel zu jung bist. Du weißt doch gar nicht, wovon du sprichst."

„Doch, das weiß ich. Ganz genau sogar. Ich war noch nie so glücklich wie mit Dirk. Es ist nicht wie mit Jörg, glaub mir das doch! Es ist wirklich ernst. Und Dirk würde mich nie enttäuschen …"

„Ach, Kind, woher willst du das wissen? So, wie er aussieht …"

„Er sieht toll aus, nicht wahr, Mutti?"

„Er sieht gut aus, das stimmt, aber gerade das macht ihn bestimmt nicht zum treuesten aller Männer."

„Du brauchst dir keine Sorgen zu machen. Dirk und ich wissen, was wir wollen. Ich bin nicht so dumm, wie du glaubst. Wenn ich mir nicht sicher gewesen wäre, hätte ich nie ..." Sie biss sich auf die Zunge.

Ihre Mutter blieb stehen und sah sie durchdringend an. „Hast du heute mit ihm geschlafen?", fragte sie ohne Umschweife.

Kerstin senkte den Kopf. „Nicht direkt, aber fast", antwortete sie kaum hörbar. „Ich wollte es, aber Dirk hat es dann doch nicht getan. Aber es war auch so wahnsinnig schön ..."

Irrte sie sich, oder huschte die Andeutung eines Lächelns über das Gesicht ihrer Mutter?

„Gott sei Dank, wenigstens das nicht!" Sie schien erleichtert. „Du lügst mich doch nicht an?"

„Nein", sagte Kerstin. „Es hätte ja doch keinen Sinn."

Als sie im Lift standen, hatte sie den Eindruck, als sei ihre Mutter ihr nicht mehr ganz so böse wie in Dirks Wohnung. Trotzdem hatte sie Angst vor dem Abend, wenn ihr Vater nach Hause kommen würde. „Musst du Vati alles erzählen?"

„Natürlich. Was erwartest du denn? Ich werde dich nicht darin bestärken, hinter unserem Rücken zu diesem Dirk zu gehen."

Kerstins aufkeimende Hoffnung erstarb. „Schade. Ich habe geglaubt, du hältst zu mir."

Stunden später saß Kerstin wie ein Häufchen Elend in ihrem Zimmer. Die geballte Wut ihres Vaters hatte sich über ihr entladen. Auch wenn er sie an diesem Abend nicht geschlagen hatte, hatte er ihr trotzdem sehr wehgetan. Er hatte sie mit den wüstesten Schimpfwörtern belegt und ihr rigoros verboten, Dirk jemals wieder zu sehen.

Mehr noch, er hatte einen regelrechten Schlachtplan entwickelt, der ihr das unmöglich machen würde. Morgens würde er sie selbst zur Schule fahren, und nach Schulschluss musste ihre Mutter sie abholen – und zwar täglich! Keine Chance also, heimlich etwas einzufädeln, um Dirk zu sehen. Sie durfte auch abends nicht mehr weg, und sie durfte nicht einmal nachmittags Susi besuchen. So hatte ihr Vater jede Möglichkeit ausgeschaltet. Deutlich hatte er ihr zu verstehen gegeben, dass er ein zweites Mal zu Dirks Chef gehen würde, wenn ihm auch nur das Geringste zu Ohren kommen würde. Und dann wäre Dirk seinen Job los, das wusste Kerstin nur zu gut.

Sie fühlte sich entsetzlich elend und erpresst. Was blieb ihr denn anderes übrig, als den Anordnungen ihres Vaters Folge zu leisten? Dass sie Dirk keinesfalls schaden wollte, das war klar. Aber wie sie ohne ihn leben sollte, war ihr völlig unklar.

Sie legte sich angezogen aufs Bett und dachte an die Mittagsstunden, in denen sie noch der glücklichste Mensch gewesen war. Wie lieb Dirk gewesen war, wie zärtlich er sie berührt hatte …

Diese beiden Stunden hatten Kerstin verändert. Sie hatte erfahren, dass die Liebe ungeheuer schön war, auch wenn man nicht miteinander schlief. Was sie ihrer Mutter gesagt hatte, stimmte: Sie hatten es nicht getan, auch wenn der Unterschied zu dem, was sie sich gegenseitig gegeben hatten, und miteinander schlafen nicht mehr groß war. Dirk hatte in letzter Sekunde ihre Bitte dann doch nicht erfüllt. Jetzt war sie ihm dankbar dafür. Es gab noch etwas, das sie sich aufgespart hatten. Allein daran zu denken, holte sie aus ihrer tiefen Verzweiflung. Irgendwann einmal, das wusste sie, würden sie es tun. Sie würden einen Weg finden!

Kerstin schloss die Augen. Sie stellte sich vor, bei Dirk zu sein, und unwillkürlich öffneten sich ihre Lippen ein wenig. Ihre Hände krallten sich in die weiche Decke, weil die Sehnsucht, ihn zu fühlen, übermächtig wurde. Sie liebte Dirk so sehr! Sie liebte ihn bis zum Verrücktwerden. Wenn er nicht bei ihr war, fühlte sie sich verloren. Er war bereits zu einem Teil von ihr geworden …

Kerstin warf sich auf den Bauch und presste verzweifelt ihr Gesicht in das Kissen. In hilfloser Wut schlug sie mehrmals mit der Hand gegen die Wand. Man sperrte sie ein! Man verbot ihr alles, was wichtig für sie war! Niemand wusste, wie ihr zu Mute war. Alle hatten sich gegen sie verschworen, und niemand half ihr in ihrer grenzenlosen Not.

Trotz ihres Kummers schlief sie irgendwann ein. Angezogen lag sie zusammengerollt wie ein Igel auf ihrem Bett und träumte von Dirk. Aber es waren nicht nur schöne Träume. Mehrmals in dieser Nacht schreckte sie verwirrt aus dem Schlaf auf, und immer wieder sah sie Dirks Augen vor sich, die ihr etwas sagen wollten, das sie nicht verstand.

Als ihre Mutter sie am nächsten Morgen unsanft an der Schulter rüttelte, fühlte Kerstin sich völlig zerschlagen. Blass verließ sie das Haus, um zur Schule zu gehen, und teilnahmslos saß sie in ihrem Klassenzimmer. Es interessierte sie nicht die Bohne, was die Lehrer von sich gaben. Sie hatte nur einen einzigen Gedanken, und der galt Dirk.

„Mensch, Kerstin, du siehst furchtbar aus. Du wirst bestimmt krank“, sagte Susi in der Pause voller Sorgen.

„Mir doch egal! Dann muss ich wenigstens niemanden mehr sehen. Dirk darf ich ja nicht sehen, und sonst will ich mit niemandem etwas zu tun haben“, stieß Kerstin verzweifelt hervor.

„Ich verstehe dich zwar, aber ich finde, du übertreibst. Ich glaube nicht, dass es für Dirk genauso schlimm ist wie für dich. Er spielt bestimmt nicht verrückt, ganz im Gegenteil zu dir“, meinte Susi.

Auf Kerstin hatten ihre Worte die Wirkung eines roten Tuches auf einen Stier. „Wie kannst du nur so etwas sagen?“, fragte sie empört. „Natürlich hält Dirk zu mir! Was hast du denn gedacht?“

Susi wollte Kerstin nicht noch mehr Kummer machen. „Ach, gar nichts“, wich sie aus und verschwieg, was sie in Erfahrung gebracht hatte.

10. Kapitel

Drei Tage versuchte Dirk vergeblich, einen Weg zu Kerstin zu finden. Dann lag am Montag ein Brief von Kerstins Vater in seinem Briefkasten. Dieser Brief war mehr, als Dirk in seinem desolaten Zustand ertragen konnte. Herr Kaiser schrieb ihm in offiziellem Ton, dass er ihm untersage, sich noch einmal mit Kerstin zu treffen oder auch nur mit ihr in Verbindung zu treten. Wenn er das doch tue, werde er ihn bei der Polizei anzeigen, und zwar wegen Verführung Minderjähriger, und er werde diese Anzeige an seinen Arbeitgeber schicken.

Was zu viel war, war zu viel! Dirk hatte sich in den letzten Tagen das Gespött der Kollegen im Shop anhören müssen, weil Brodmann sich mit dem, was er über ihn wusste, wichtig gemacht hatte. Außerdem stand er im Mittelpunkt des Tratsches in seiner Clique. Egal, wen er traf, immer wurde er mit seiner unglücklichen Liebe zu einem „Schulmädchen" aufgezogen.

Seit Freitag hatte er von Kerstin nichts gehört oder gesehen. Er wusste nicht einmal, wie es ihr ging. Nach der Szene mit ihrem Vater vor ihrem Haus konnte er sich lebhaft vorstellen, was sie zu Hause mitgemacht hatte. Und alles nur seinetwegen!

„Es bringt einfach nichts!", murmelte Dirk. Die Barrieren, die ihn von Kerstin trennten, wurden immer höher. Es gab nur Schwierigkeiten, wohin er auch sah: Schwierigkeiten im Geschäft und Probleme mit seinen Freunden, in deren Augen er nur noch ein schwachsinniger Trottel war. Nur Jambo hielt zu ihm. Sein Freund war der Einzige, der erkannte, wie sehr er litt.

„Ich muss sie vergessen, auch wenn es wehtut",

erklärte Dirk seinem Spiegelbild. Aber noch war er nicht so weit. Noch sehnte er sich nach Kerstin, nach ihrer zauberhaften Art, nach ihrer Liebe und ihren Zärtlichkeiten, die aus ihm einen anderen Menschen gemacht hatten.

Doch dann las er zum dritten Mal an diesem Abend den Brief ihres Vaters, und er sagte sich, dass es nur einen einzigen Ausweg aus dieser Chose gab: Er musste Kerstin vergessen! Auch um ihretwillen. Schließlich kannte er ihren Vater inzwischen gut genug, um zu wissen, dass Kerstin zu Hause die Hölle hatte. Sie war zu jung und zu sensibel, um dieses ganze Theater unbeschadet zu überstehen.

Nachdenklich warf er sich in Schale. An diesem Abend wollte er nicht zu Hause hocken und Trübsal blasen. Er musste unter Leute, sonst versauerte er total. Jetzt schon bemerkte er deutlich Spuren der Veränderung, die mit ihm vorging.

Er ging in *Pits Bar*, weil er hoffte, dort einige Leute aus seiner Clique zu treffen. Er wollte an diesem Abend wenigstens für ein paar Stunden alles vergessen, was ihm so zusetzte, dass er nur noch ein halber Mensch war.

„Sieh mal einer an! Unser Dirk ist von den Toten auferstanden. Na, hat der Vater deines Schulmädchens dich am Leben gelassen? Nach so langer Abwesenheit hätte ich das nicht geglaubt." Ausgerechnet Chris machte Dirk an, kaum dass er sich an den Tisch gesetzt hatte, an dem die Clique saß.

„Lass ihn in Ruhe! Ich glaube nicht, dass er Sinn für deine Scherze hat", warnte ihn Jambo, der Dirk besser kannte als die anderen.

„Warum? Jemand muss ihm doch sagen, was für ein ausgemachter Idiot er ist. Heult einem kleinen Schulmädchen nach, obwohl er an jedem Finger zehn heiße Bienen haben könnte!“ Chris ließ sich nicht vom Thema abbringen.

Dirk beachtete ihn gar nicht. Er bestellte sich ein Glas Bier und trank es in einem Zug aus. Dann orderte er ein zweites.

„Saufen hilft da nicht, du Trottel!“, zog Chris ihn auf. „Da hilft nur ein neues Mädchen.“

„Vollidiot“, sagte Dirk, sonst nichts. Seine Weltuntergangsstimmung wurde durch Chris’ Lästerei nicht besser.

„So schlimm?“, fragte Jambo mitfühlend.

„Saumäßig“, antwortete Dirk einsilbig. Er bestellte sich das dritte Bier.

„Willst du darüber reden?“

„Vielleicht. Aber nur, wenn du dir jede dumme Bemerkung verkneifst.“

„Ich bin ja nicht blöd. Komm, gehen wir.“ Jambo zog Dirk vom Stuhl hoch und bezahlte.

Sie schlenderten ziellos durch die Altstadt. „Sollen wir einen draufmachen? Das hilft oft“, schlug Jambo vor.

„Keine Lust. Ich habe genug Bier intus“, wehrte Dirk ab. Saufen war tatsächlich keine Lösung, da hatte Chris Recht.

„Wir könnten zu dir gehen. Oder zu mir.“ Jambo gab sich ehrlich Mühe, seinem Freund beizustehen.

„Gehen wir zu Willi. Dort sitzen wenigstens vernünftige Leute“, sagte Dirk lustlos.

Willis kleine Kneipe war gemütlich, und es gab gute Musik. Als sie in das verräucherte Lokal traten, war es noch recht leer. Es war zu früh für den großen abendlichen Betrieb …

Sie setzten sich an einen der freien Tische, und Jambo sagte aufmunternd: „Nun schieß los! Rede dir alles von der Seele. Ich hör einfach zu.“

Wortlos schob Dirk ihm den Brief von Kerstins Vater über den Tisch.

Jambo las ihn mit aufgerissenen Augen. „Das ist stark“, stellte er nach der Lektüre fest. „Das ist der absolute Hammer! Und was machst du jetzt?“

„Ich weiß nicht. Ich weiß überhaupt nichts mehr. Ich mag Kerstin sehr, aber alles ist so furchtbar kompliziert. Allmählich glaube ich, dass es wirklich ein Fehler war, mich um ihr Alter nicht zu kümmern.“

„Das kannst du laut sagen“, stimmte Jambo zu. „Du brockst dir da eine dicke Suppe ein. Was, wenn du deinen Job loswirst?“

„Das ist nicht das Schlimmste. Ich könnte mir einen neuen suchen. Ich weiß sowieso nicht, wie lange das noch gut geht mit dem Laden.“

„Wo ist dann das Problem?“, wollte Jambo wissen.

„Kerstin ist übel dran. Ihr Alter tickt nicht richtig. Ein furchtbarer Choleriker. Er schlägt sie sogar.“ Dirk machte so ein verzweifeltes Gesicht, dass Jambo ihm den Arm um die Schultern legte.

„Tut mir Leid, Alter. Dass ausgerechnet dir das passieren muss! Du hast doch immer alles mit links genommen …“

„Ja, ich weiß. Aber diese Sache kann man nicht mit links nehmen. Kerstins Alter bringt es fertig und steckt sie in ein Erziehungsheim. Angedroht hat er es bereits.“

Jambo überlegte angestrengt. Dann sagte er: „Wenn du meine Meinung hören willst, gibt es nur eines: Du musst die Kleine vergessen. Je eher, desto besser. Aus diesem Schlamassel kommst du nie mehr raus! Es lohnt sich doch nicht. Und Kerstin ist ja nicht das einzige Mädchen auf der Welt."

„Du hast keine Ahnung", sagte Dirk. „Kerstin ist in jeder Beziehung etwas Besonderes. Ich weiß nicht, ob ich es schaffe, Schluss zu machen. Ich hab sie verdammt gern, weißt du."

Jambo nickte wissend. „Ich kann's mir vorstellen. Aber trotzdem – die Sache läuft nicht. Das musst du doch selbst schon gemerkt haben."

Dirk ließ den Kopf hängen. „Allerdings. Ich weiß, dass es nichts bringt. Ihr Alter ist stärker als wir. Und er hat alle Trümpfe in der Hand."

„Da siehst du es", sagte Jambo. „Am besten ist, du siehst dich anderweitig um. Je eher du eine neue Flamme an Land ziehst, desto schneller wirst du Kerstin vergessen."

Was blieb Dirk in dieser Lage anderes übrig, als Jambo zuzustimmen? Alles hatte sich gegen ihn und Kerstin verschworen.

„Versuchen kann ich es ja", sagte er mit einer für ihn ungewohnten Unsicherheit in der Stimme. „Aber ich weiß nicht, ob ich es schaffe."

„Aber sicher", machte Jambo ihm Mut. „Andere haben Liebeskummer auch überlebt."

„Andere haben eben nicht ein Mädchen wie Kerstin gehabt", sinnierte Dirk traurig. „Aber ich weiß, dass du Recht hast. Es bringt einfach nichts."

„Sag ich doch", bekräftige Jambo. „Und jetzt komm mit! Gehen wir ins *Domicile* und sehen nach, ob wir Mädchen zum Tanzen finden."

Dirk ging schließlich mit. Er wollte es eigentlich

nicht, suchte aber verzweifelt nach einem Rezept gegen die immer stärker werdende Depression, die ihn fertig machte.

Nelli hatte wie alle anderen aus der Clique von Dirks Pech gehört. Als Dirk in Jambos Begleitung das *Domicile* betrat, veränderte sich ihre Haltung. Sie drückte ihren Busen heraus und setzte ein strahlendes Lächeln auf. „Nett, dich mal wieder zu sehen", begrüßte sie Dirk. „Ob du's glaubst oder nicht, ich habe dich vermisst."

Dirk ließ sie einfach reden. Er kannte sie gut genug, um zu wissen, dass ihre Worte überhaupt nichts bedeuteten. Statt ihr zu antworten, bestellte er sich wieder ein Bier.

„He, Dirk, ich rede mit dir!" Nelli machte sich erneut bemerkbar. „Wie man hört, bist du wieder solo. Wollen wir es nicht noch mal miteinander versuchen?"

Dirk sah sie verächtlich an. „Nein, danke, kein Interesse."

Nellis Augen wurden ganz schmal. „Du willst wohl immer noch deinem kleinen Baby treu bleiben?", zog sie ihn auf.

„Das geht dich nichts an!", fuhr er sie an. Es war ihm deutlich anzumerken, dass er sich ärgerte.

Um Nelli den Wind aus den Segeln nehmen, fixierte er interessiert ein Mädchen, das am Nebentisch saß und ihm zulächelte. Er hatte es noch nie gesehen.

Jambo folgte dem Blick seines Freundes. „Eine Wucht, die Biene, nicht wahr?"

„Nicht schlecht", antwortete Dirk eine Spur zu laut. Er wollte, dass Nelli ihn hörte.

„Jedenfalls ist sie über achtzehn. Du wirst also kaum

Schwierigkeiten mit ihrem Papa bekommen", höhnte Nelli dreist.

„Blöde Zicke", sagte Dirk grimmig. Dann fragte er Jambo: „Wer ist das Mädchen?"

„Das ist Lisa Tillmann. Sie ist erst vor ein paar Wochen hierher gezogen. Willst du sie kennen lernen?" Jambo war begeistert von der sich abzeichnenden Möglichkeit, seinen Freund aus der Talsohle zu holen.

„Warum nicht?", meinte Dirk halbherzig. „Sieht nicht schlecht aus, diese Lisa."

„Bin ich froh, dass wenigstens deine Augen noch normal funktionieren", frohlockte Jambo. „Also los, Alter, packen wir's an! Man soll die Feste feiern, wie sie fallen."

Dirk ließ ihn machen. Er hatte eigentlich kein Interesse an dem Mädchen, auch wenn er zugeben musste, dass Lisa sehr attraktiv war. Aber ihm lag daran, Nelli deutlich zu zeigen, dass er an ihr noch weniger Interesse hatte. Warum sich also nicht auf ein neues Spiel einlassen, wenn Jambo schon so erpicht darauf war, es einzufädeln?

Er beobachtete seinen Freund, der zu dem Mädchen hinüberging und es ansprach. Er sah auch, dass Jambo mit dem Kopf zu ihm hinwies, also redete er wohl über ihn. Das Mädchen nickte und lächelte. Dann stand es auf und folgte Jambo an ihren Tisch.

„Tach", sagte sie, als sie sich zwischen Dirk und Jambo setzte. „Nett, dass ihr mich eingeladen habt. Es war reichlich öde so allein."

„Du bist also Lisa." Dirk sah sie aufmerksam an. Sie hatte ein attraktives Gesicht mit großen, dunklen Augen. Ihr Mund war vielleicht zu grell geschminkt, aber die Farbe passte zu ihrem Pulli.

„Genau. Lisa Tillmann aus Hamburg, die es hierher verschlagen hat“, antwortete sie mit herausforderndem Lächeln. Es war nicht zu übersehen, dass Dirk ihr imponierte.

Dirk fühlte sich geschmeichelt. Dieses Mädchen sah nicht aus wie andere. Außerdem hatte er sich vorgenommen, an diesem Abend endlich wieder Mensch zu werden.

„Willst du tanzen?“, fragte er unvermittelt. Wennschon, dennschon!

„Aber immer doch“, antwortete Lisa und stand lächelnd auf.

Dirk zog sie zur Tanzfläche. Sie schmiegte sich sofort an ihn, obwohl die Musik gar nicht so soft war, dass man unbedingt auf Tuchfühlung gehen musste.

Es war ihm egal. Teilnahmslos legte er seine Arme um ihre Taille, automatisch bewegte er sich im Takt der Musik. Ihr schweres Parfüm stieg ihm in die Nase, und er wünschte sich, Kerstins Maiglöckchenduft riechen zu können.

Lisa presste ihren vollen Busen an seinen Oberkörper und wiegte sich in den Hüften. Sie umschlang mit beiden Armen seinen Nacken und sah kokett zu ihm auf. „Magst du mich nicht?“, fragte sie, als er nicht reagierte.

„Woher soll ich das wissen? Ich kenne dich ja überhaupt nicht“, gab er zurück. Ihm war nicht wohl bei diesem engen Tanz, aber er wusste, dass Nelli und Jambo ihn beobachteten. Und er wollte Kerstin vergessen …

Nach dem fünften Bier und weiteren überdeutlichen Annäherungsversuchen Lisas war Dirk so weit, den

Versuch zu machen, Kerstin endgültig hinter sich zu lassen und sein früheres Leben von jetzt an wieder aufzunehmen.

Nellis lauernder Blick und Jambos ständige Ermunterungen taten ein Übriges. Warum eigentlich nicht? Schließlich hatte er nicht schlecht gelebt, bis er Kerstin kennen gelernt hatte. Sein Leben war einfach, unkompliziert und ereignisreich gewesen. Er hatte die Mädchen genommen, wie sie sich angeboten hatten, und nichts war ihm unter die Haut gegangen. Bis Kerstin in sein Leben getreten war und sich in sein Herz geschlichen hatte …

Er fühlte Lisas Bein, das sie an seines presste, und sah die Bereitwilligkeit in ihrem Gesicht.

„Gehen wir zu mir?“, fragte er mit schwerer Zunge und schob den Gedanken an Kerstins blaue Augen von sich.

„Na klar!“, antwortete Lisa ohne Zögern. „Hast du eine Bude?“

„Und ob!“, rief Jambo frohlockend. „Eine tolle Bude. Sie wird dir gefallen.“

„Na also, worauf warten wir noch?“ Lisa stand auf und zog ihren Minirock über den Oberschenkeln glatt. Sie lächelte Dirk aufmunternd an.

Er zahlte und ging mit ihr zum Ausgang. Jambo sah ihnen nach. „Bin ich froh“, sagte er zu Nelli. „Endlich ist Dirk wieder der Alte.“

„Darauf würde ich keinen Zehner wetten“, antwortete Nelli. „Ich glaube, Dirk hat sich zu viel vorgenommen. Wenn ich es nicht schaffe, ihn von dieser Kleinen wegzukriegen, schafft es diese trübe Tasse ganz bestimmt nicht.“

Jambo zuckte die Schultern. „Als trübe Tasse würde

ich Lisa nicht gerade bezeichnen. Ich glaube, sie weiß genau, wie sie Dirk nehmen muss."

„Das glaube ich nicht. Ich glaube überhaupt nicht, dass jemand ihn nehmen kann, solange er nicht von diesem Schulmädchen kuriert ist." Nellis weiblicher Instinkt erkannte mehr als Jambos jungenhafte Euphorie.

Schon als sie die Treppen zu seiner Wohnung hochstiegen, wusste Dirk, dass es ein großer Fehler gewesen war, Lisa mitzunehmen. Er wollte nicht, dass sie seine Wohnung betrat, in der er noch vor kurzem mit Kerstin so herrliche Zärtlichkeiten ausgetauscht hatte. Obwohl er sich fest vorgenommen hatte, mit Kerstin Schluss zu machen, sie nie mehr wieder zu sehen, kam es ihm jetzt so vor, als hintergehe er sie, weil er ein anderes Mädchen mit in seine Wohnung nahm. Trotz der fünf Bier wusste er genau, wie furchtbar verletzt sie darüber wäre. Er sah ihre blauen, erschreckten Augen direkt vor sich.

„Nun geh schon rein!", forderte er Lisa unfreundlich auf.

Es war vielleicht ungerecht, aber plötzlich störte ihn alles an ihr: ihre Klamotten, ihre Frisur, ihr Lippenstift – das ganze Mädchen war ihm unsympathisch. Als sie sich auf sein Bett setzte und ihn mit kokettem Augenaufschlag ansah, war ihm, als füge sie seiner Kerstin Unrecht zu. Das war allein Kerstins Platz!

„Willst du etwas trinken?", fragte er immer noch höchst unfreundlich.

„Warum nicht? Setzt du dich dann zu mir?"

Er antwortete nicht, sondern holte aus seiner Miniküche eine Flasche Mineralwasser. Die stellte er neben

Lisa auf den Boden. Er machte sich nicht einmal die Mühe, nach einem sauberen Glas zu suchen.

„Also weißt du“, empörte sich Lisa, „der geborene Gastgeber bist du nicht gerade.“

Er brummte etwas Unverständliches und machte sich an seiner CD-Sammlung zu schaffen. Es war klar, was Lisa von ihm erwartete, und genauso klar, dass er diese Erwartung nicht erfüllen konnte und wollte. Er sehnte sich nach Kerstin.

Lisa versuchte es noch eine halbe Stunde lang, dann war sie es leid. „Ich glaube, ich gehe jetzt besser.“ Sie war beleidigt.

„Ja, vielleicht“, antwortete er mit belegter Stimme. Er räusperte sich.

„Du bist ein komischer Kauz, weißt du das eigentlich?“ Lisa zog ihre Jacke an.

„Kann sein. Tut mir Leid, Lisa ...“

„Schade drum“, sagte sie mit Bedauern. „Ich glaube, aus uns hätte was werden können.“

Er antwortete nicht, sondern schüttelte den Kopf. Dann ließ er sie gehen und verschloss die Tür hinter ihr.

11. Kapitel

Eine Woche nach dem von ihrem Vater verhängten Verbot, Dirk jemals wieder zu sehen, stand Kerstin morgens nicht auf. Sie war total erschöpft und ausgebrannt, so sehr setzten ihr der Kummer und die Aussichtslosigkeit ihrer Situation zu.

„Ich bin krank“, erklärte sie ihrer Mutter, die sie wie immer morgens weckte. „Ich kann nicht zur Schule gehen.“

Frau Kaiser befühlte die Stirn ihrer Tochter. Fieber hatte Kerstin nicht, aber sie fühlte sich erschreckend kalt an. „Wenn du krank bist, hole ich den Arzt.“

„Das ist mir egal“, antwortete Kerstin und rutschte tiefer unter die Decke. Sie wollte nichts hören und nichts sehen, vor allem nicht ihre Mutter.

„Du bist selbst schuld an deinem Zustand. Seit einer Woche hast du praktisch nichts gegessen“, hielt ihre Mutter ihr vor.

Das stimmte. Kerstin war von Tag zu Tag teilnahmsloser geworden, hatte immer weniger gegessen und seit drei Tagen überhaupt nichts mehr. Sie hatte keinen Appetit und an nichts Interesse.

Ihre Eltern hatten jede Drohung wahr gemacht. Sie stand praktisch vierundzwanzig Stunden am Tag unter Bewachung. Es hatte nicht einmal die Möglichkeit gegeben, Dirk anzurufen, geschweige denn, ihn zu sehen.

Das war schon schlimm genug, aber am schlimmsten war, dass Susi ihr vor drei Tagen erzählt hatte, dass Dirk sich jeden Abend im *Domicile* rumtrieb und jeden Abend ein anderes Mädchen aufriss, genau wie früher.

Nach dieser Information hatte Kerstin alle Lebenslust verloren. Sie fühlte sich verraten und allein gelassen. Sie brauchte lange, um ihrer Freundin zu glauben, aber Susi schilderte alle Einzelheiten ihrer Begegnungen mit Dirk.

„Hat er denn nicht nach mir gefragt?“, hatte Kerstin verzweifelt gefragt.

Susi hatte unverblümt geantwortet: „Nein. Er hatte andere Sachen im Kopf.“

Daraufhin hatte Kerstin darauf verzichtet, ihm durch Susi einen Brief zukommen zu lassen. Es wäre die einzige Möglichkeit gewesen, mit ihm in Verbindung zu treten, aber nach allem, was Susi erzählt hatte, war Kerstin zu stolz dazu.

Es verletzte sie tief, dass Dirk sie so schnell vergaß. Damit gab er allen Recht, die versucht hatten, sie auseinander zu bringen. Ihren Eltern, Susi, seinen Freunden, Dr. Jakob – einfach allen. Dass sie sich so in ihm getäuscht haben sollte, brach ihr fast das Herz. Sie hatte ihm doch vertraut, hatte seinen Beteuerungen geglaubt …

„Denkst du etwa immer noch an diesen Dirk?“, fragte ihre Mutter mitten in ihre Grübeleien hinein.

„Das ist nur meine Sache. Du verstehst mich ja doch nicht“, antwortete Kerstin heftig. „Überhaupt will ich in Ruhe gelassen werden.“

„Du bist unmöglich, Kerstin“, hielt ihre Mutter ihr vor. „Du machst es einem sehr schwer, Zugang zu dir zu bekommen.“

„Das stimmt nicht“, wehrte Kerstin sich. „Aber ihr wolltet mich ja nicht verstehen. Von Anfang an habt ihr mich nur beschimpft wegen Dirk. Vati hat mich sogar geschlagen …“

„Ja, ich weiß, Kerstin. Aber manchmal müssen Eltern zu drastischen Maßnahmen greifen, um ihre Kinder zur Vernunft zu bringen."

„Andere Eltern tun das nicht. Nur ich werde geschlagen. Und euch ist es ganz egal, wie unglücklich ich bin. Ihr seid schuld daran, dass Dirk ..." Sie verstummte. Tränen schossen ihr in die Augen.

Ihre Mutter wollte wissen, was Dirk getan hatte, aber Kerstin gab kein einziges Wort mehr von sich. Steif und bleich lag sie in ihrem Bett und starrte blicklos an die Decke. Sie zeigte keinerlei Reaktionen mehr, ganz egal, was ihre Mutter auch anstellte.

„Ich rufe jetzt den Arzt an. Du kannst einem wirklich Angst einjagen", sagte ihre Mutter schließlich und verließ das Zimmer.

Eine knappe Stunde später betastete Dr. Frank Kerstin am ganzen Körper. Sie ließ die Prozedur teilnahmslos über sich ergehen und antwortete nicht auf die Fragen des Arztes.

„Kerstin, hast du vielleicht irgendeinen Kummer?", fragte der erfahrene Mediziner, nachdem er keinerlei Anzeichen einer physischen Krankheit feststellen konnte.

Kerstin drehte den Kopf zur Seite, um seinem forschenden Blick nicht begegnen zu müssen. Sie kannte Dr. Frank schon Jahre. Er hatte alle ihre Kinderkrankheiten behandelt. Sie mochte ihn, aber jetzt wollte sie nur, dass er ging und sie in Ruhe ließ.

Er setzte sich auf ihr Bett. „Kerstin, ich will dir helfen. Du bist in einem üblen Zustand. Was ist denn passiert? Du warst doch immer ein lustiges, gesundes Mädchen."

Sie schüttelte wortlos den Kopf, konnte aber nicht

verhindern, dass die verständnisvolle Art des Arztes ihr die Tränen in die Augen trieb.

„Kerstin! Du musst es mir sagen. Wenn du dich nicht zusammenreißt, müssen wir dich ins Krankenhaus schaffen. Du hast einen schwachen Puls, und mir scheint, deine Lebensgeister sind auf dem Nullpunkt. Das kann gefährlich werden."

„Das ist mir egal", stieß Kerstin hervor. „Ich möchte sowieso nicht mehr leben."

Der Arzt sah sie aufmerksam an. „So etwas zu sagen, ist immer falsch", sagte er ernst. „Auch wenn man sehr großen Kummer hat. Man gibt sich nicht auf, sondern man kämpft ..."

„Ich kann nicht gegen meine Eltern kämpfen. Sie sind stärker als ich. Deshalb können sie mich auch einsperren und mir Dirk wegnehmen", brach es aus Kerstin heraus.

Ein verständnisvolles Lächeln glitt über das Gesicht des Arztes. „Das ist es also. Du hast Liebeskummer", stellte er fest.

„Ich hätte keinen, wenn meine Eltern nicht so gemein wären", sagte Kerstin voller Trotz.

„Soll ich mal mit deiner Mutter reden?"

Kerstin horchte auf. Ob das ein Hoffnungsschimmer war? Vielleicht hörte ihre Mutter auf Dr. Frank. „Würden Sie das wirklich tun?", fragte sie zweifelnd.

Der Arzt stand auf. „Weißt du, Kerstin, ich bin Arzt und damit verpflichtet, meinen Patienten zu helfen. Da du vor Kummer krank bist, bleibt mir nichts anderes übrig, als deiner Mutter die einzig mögliche Therapie vorzuschlagen, die dich wieder gesund macht."

Kerstin lächelte den Arzt mit Tränen in den Augen an. „Wissen Sie denn, was mir hilft?"

Dr. Frank nickte. „Worauf du dich verlassen kannst. Als Arzt lernt man die Menschen gut kennen, die alten und die ganz jungen …“

„Dr. Frank …“

„Ja, Kerstin?“

„Sie finden doch auch, dass man mit sechzehn kein Kind mehr ist, oder?“

Lächelnd erwiderte der Mediziner: „Das ist wohl von Fall zu Fall unterschiedlich, Kerstin. Aber dir würde ich ohne weiteres attestieren, dass du bestimmt reif genug bist, zu wissen, was du willst und was gut für dich ist.“

Mit grenzenloser Erleichterung bat sie: „Würden Sie das bitte meiner Mutter sagen? Sie glaubt nämlich immer noch, ich sei ein kleines Mädchen.“

„Versprochen“, sagte Dr. Frank verschwörerisch. „Aber nur unter einer Bedingung.“

„Welche? “

„An deinem sechzehnten Geburtstag wirst du wieder richtig essen.“

„Aber das ist schon übermorgen, und ich kann nichts essen. Ich kriege keinen Bissen runter …“

„Auch nicht, wenn ich den Anlass für deinen Kummer beseitigen kann?“

„Sie meinen, ich darf Dirk wieder sehen?“ Kerstin setzte sich senkrecht in ihrem Bett auf. Ihre Augen hatten plötzlich wieder Glanz.

„Ich kann deinen Eltern keine Vorschriften machen, aber ich werde versuchen, sie davon zu überzeugen, dass dieser Dirk Lebenselixier für dich ist.“ Dr. Frank winkte ihr zu und verließ ihr Zimmer.

Kerstin legte sich entspannt zurück. Irgendwie wusste sie, dass nun alles gut werden würde.

„Was fehlt Kerstin denn nun? Sie ist doch nicht ernsthaft krank?“, fragte Frau Kaiser Dr. Frank, der eben aus dem Zimmer ihrer Tochter kam und ein ernstes Gesicht machte.

„In meinen Augen ist sie durchaus krank, Frau Kaiser“, antwortete der Mediziner.

„Aber was fehlt ihr denn? Sie hat ja nicht einmal Fieber.“

„Manche Menschen reagieren mit dem Körper, wenn ihnen die Seele wehtut“, sagte Dr. Frank. „Ihre Tochter ist ein empfindsames junges Mädchen, das großen Kummer hat. Weil sie damit nicht fertig wird, streikt ihr Körper. Und deshalb ist sie krank geworden. Wenn Sie wollen, dass Kerstin wieder gesund wird, sollten Sie sich ihrer annehmen, Frau Kaiser. Vor allem sollten Sie ihren Kummer ernst nehmen. Wenn Sie das nicht tun, müssen Sie damit rechnen, dass sich ihr Zustand verschlechtert. Sie ist bereits jetzt in einem bedenklichen Zustand. Wenn sie in den nächsten Tagen immer noch nicht isst …“

„Ich habe alles versucht, aber sie weigert sich, auch nur einen Bissen zu sich zu nehmen“, unterbrach Frau Kaiser den Arzt. „Sie ist bockig und verstockt …“

„Das ist nur die Reaktion auf ihre Ohnmacht und ihre Chancenlosigkeit, sich gegen ihre Eltern zu wehren“, sagte Dr. Frank. „Sie zieht sich in sich selbst zurück. Das kann gefährlich werden, vor allem in diesem Alter.“

„Sie will nur ihren Kopf durchsetzen, aber das dulden wir nicht, mein Mann und ich“, stieß Frau Kaiser hervor.

Dr. Frank schüttelte den Kopf. „Sehen Sie, Frau Kaiser, das ist das Problem. Sie akzeptieren Ihre Tochter nicht als junge Erwachsene, sondern sehen in ihr immer noch das kleine Mädchen, dem gesagt werden muss, was es zu tun und zu lassen hat."

„Schließlich sind wir ihre Eltern. Wir haben die Verantwortung für sie", warf Frau Kaiser ein.

„Kerstin ist kein Kind mehr. Sie ist in der Lage, für sich selbst Verantwortung zu tragen. Sie muss es sogar. Selbst wenn sie einen Fehler machen sollte, ist es immer noch besser, als derart unterdrückt zu werden. Man lernt aus Fehlern, Frau Kaiser, wir Erwachsenen ebenso wie die junge Generation. Fehler gehören zum Leben ebenso wie Probleme. Nur, wenn Kerstin lernen darf, mit Problemen fertig zu werden und aus gemachten Fehlern Schlüsse zu ziehen, wird sie in der Lage sein, ihr Leben zu meistern …"

Frau Kaiser war noch nicht überzeugt. „Ich halte nicht viel von all der Psychologie", sagte sie heftig. „Bis jetzt sind wir nicht schlecht damit gefahren, Kerstin zu sagen, wo's langgeht …"

„Bis jetzt hatte Ihre Tochter auch noch nie ein ernsthaftes Problem. Jetzt hat sie eines. Wenn Sie ihr nicht dabei helfen, es selbst in den Griff zu bekommen, sehe ich schwarz für ihre Gesundheit. Sie sollten auf mich hören, Frau Kaiser, und mit Ihrem Mann reden. Sagen Sie ihm, dass seine Tochter ihren Freund wieder sehen sollte. Sie muss mit ihm sprechen dürfen, und sie muss in der Lage sein, selbst zu entscheiden, ob sie mit ihm zusammenbleiben will oder nicht …"

„Aber sie wird gerade erst sechzehn!", unterbrach Kerstins Mutter den Arzt erneut .

„Ein schönes Alter für die erste große Liebe", sagte er lächelnd. „Lassen Sie Kerstin ihren Willen, Frau Kaiser. Sie werden erleben, wie schnell sie sich erholt und wie dankbar sie ihren Eltern für das Verständnis ist."

Frau Kaiser sah gedankenverloren vor sich hin. „Ich weiß nicht, was mein Mann dazu sagen wird", sagte sie nach einer Weile. „Er ist recht streng mit Kerstin."

Der Arzt nickte. „Ich weiß, Frau Kaiser. Aber oft erreicht man mit Strenge das Gegenteil von dem, was man will. Verständnis und Vertrauen sind bestimmt besser, wenn es um flügge werdende Kinder geht."

„Und wenn etwas passiert?", fragte Frau Kaiser.

Dr. Frank lächelte beruhigend. „Nach meiner Erfahrung sind die jungen Leute absolut in der Lage, mit dieser Gefahr umzugehen. Reden Sie offen mit Ihrer Tochter darüber, dass sie schwanger werden könnte, wenn sie mit ihrem Freund schläft. Und machen Sie konkrete Vorschläge, was sie dagegen unternehmen kann. Dabei muss ich Ihnen wohl kaum mit Rat und Tat zur Seite stehen, nicht wahr? Sie sind doch noch eine junge Frau, Frau Kaiser. Sie sollten Ihre Tochter doch verstehen."

Das Gespräch behagte Kerstins Mutter nicht sonderlich, aber sie wusste, dass es wichtig war. „Würden Sie Kerstin die Pille verschreiben, wenn sie sie braucht?", wollte sie wissen.

„Das nicht, Frau Kaiser, aber ich werde Ihre Tochter an einen Gynäkologen überweisen. Er wird sie gründlich untersuchen, und dann wird er ihr die Pille verschreiben, die für sie richtig ist. So gehe ich in solchen Fällen immer vor. Sie sollten wissen, dass die meisten Mädchen in Kerstins Alter bereits sexuelle Erfahrung haben ..."

„Das ist doch viel zu früh!", empörte sich Frau Kaiser.

„Das kann man so nicht sagen! Die junge Generation ist in vielem schneller und weiter, als wir es zu unserer Zeit waren. Aber deshalb ist sie nicht schlechter, Frau Kaiser. Sie ist nur früher erwachsen."

Dr. Frank reichte Kerstins Mutter die Hand. „Sie werden mit Ihrem Mann reden?", fragte er an der Wohnungstür.

„Ich werde es versuchen, aber ich weiß nicht, wie mein Mann reagieren wird."

„Sie können ihn gern zu mir schicken. Ich werde ihm schon vermitteln, wie wichtig es für Ihre Tochter ist, verständnisvolle Eltern zu haben."

Der Arzt ging und Frau Kaiser blieb nachdenklich zurück. Sie ging nicht in Kerstins Zimmer, sondern setzte sich im Wohnzimmer in einen Sessel. Lange dachte sie darüber nach, was der Arzt gesagt hatte. Und sie erinnerte sich an ihre eigene Jugend. Auch sie war noch nicht sechzehn, als sie ihre erste große Liebe gegen ihre Eltern und den Rest der Welt verteidigte. Überdeutlich wurde ihr klar, dass sie wahrscheinlich nie mit ihrem Mann zusammengeblieben wäre, wenn nicht alle dagegen gewesen wären. Der Widerstand ihrer Eltern hatte sie eng zusammengeschweißt. Sie hatten zusammengehalten – und bereits mit achtzehn war sie schwanger gewesen. Deshalb hatten sie geheiratet …

Frau Kaiser seufzte. Sie konnte sich über ihre Ehe nicht beklagen. Trotzdem wünschte sie sich im Nachhinein, man hätte ihr damals die Entscheidung nicht geradezu aufgezwungen, indem man sie regelrecht in Huberts Arme getrieben hatte …

Als eine Stunde später Hubert Kaiser nach Hause kam, winkte seine Frau ihn ins Wohnzimmer. Sie redete lange auf ihn ein und verbat sich jede Unterbrechung. „Ich glaube, ich weiß, was Dr. Frank meint", schloss sie. „Wenn wir Kerstin weiterhin einsperren, wird sie ernsthaft krank werden. Das hat der Arzt mir erklärt. Und ich glaube es. Sie ist jetzt schon nur ein Schatten. Warum lassen wir sie nicht laufen? Was ist schon dabei, wenn sie einen festen Freund hat?"

„Sie ist zu jung, und dieser Dirk ist fast ein gestandener Mann", sagte Herr Kaiser heftig. „Das kann nicht gut gehen."

„Wenn es nicht gut geht, hat Kerstin eine wichtige Erfahrung gemacht", gab Frau Kaiser fast wortgetreu Dr. Franks Erklärung an ihren Mann weiter. „Und wenn es gut geht, wird sie wieder unsere alte Kerstin werden."

„Ich lasse mich von meiner Tochter nicht erpressen!", stieß Herr Kaiser wütend hervor. „Und Ärzte sind in meinen Augen ohnehin nur geldgierige Idioten."

„Dr. Frank ist bestimmt kein geldgieriger Idiot", widersprach Frau Kaiser. „Er weiß genau Bescheid, wenn es um die Zusammenhänge von Körper und Seele geht …"

„Was redest du bloß für einen Unsinn?", herrschte ihr Mann sie an. „Tatsache ist, dass Kerstin erst sechzehn ist. Alles andere interessiert mich nicht."

Frau Kaiser stand auf. „Schade, Hubert", sagte sie leise, „dass du dich nicht mehr daran zu erinnern scheinst, wie es damals bei uns war. Ich war auch erst sechzehn, als wir in unserem Wäldchen waren. Weißt du das wirklich nicht mehr?"

„Das ist lange her", meinte ihr Mann unwirsch. „Und es war etwas ganz anderes."

„Das verstehe ich nicht. Ich war genauso unschuldig wie Kerstin, als du …“

„Hör endlich auf damit! Ich kann es nicht mehr hören. Ich will meine Pause haben und meine Ruhe. Gibt es heute kein Mittagessen?“

„Doch, natürlich. Es gibt auch heute Mittagessen. Aber damit ist unser Problem nicht gelöst, Hubert. Bitte, denk noch einmal über alles nach. Wir müssen Kerstin helfen.“

Hubert Kaiser stand auf und ging in die Küche. „Mach doch, was du willst“, sagte er mürrisch über die Schulter. „Schließlich ist Kerstin deine Tochter.“

„Deine auch, Hubert. Aber ich bin schon zufrieden, wenn du es mir überlässt, mit ihr klarzukommen.“

„Ich sagte bereits, dass du machen sollst, was du willst. Aber jammere nicht, wenn es schief geht! Ich will nichts mehr davon hören …“

„In Ordnung, Hubert. Und noch etwas …“

„Was denn noch? Ich habe Hunger.“

Frau Kaiser stellte den Auflauf auf den Tisch und gab eine Portion auf den Teller ihres Mannes. „Ich will nicht, dass du Kerstin noch einmal schlägst“, sagte sie ernst. „Ich mochte es noch nie, aber jetzt werde ich es nicht mehr mit ansehen.“

„Du bist wohl von allen guten Geistern verlassen?“, wunderte ihr Mann sich. „Schläge haben noch nie geschadet.“

„Oh doch, Hubert, das haben sie. Sie schaden immer, und besonders in Kerstins Alter. Sie leidet schrecklich darunter.“

„Du stellst mich hin wie einen Unmenschen“, empörte sich Hubert Kaiser. „Dabei will ich nur das Beste für Kerstin.“

„Dann hör auf mich! Hör auf, den starken Vater zu spielen, und bring Kerstin stattdessen ein bisschen Verständnis entgegen. Du wirst sehen, dass sie dich dann lieben wird."

„Als ob es darauf ankäme", sagte Herr Kaiser mit vollem Mund. „Wenn ich zustimme, dass sie diesen Dirk wieder sieht, dann nur, weil ich endlich wieder meine Ruhe haben will. Ich brauche meine Kraft für wichtigere Dinge als für den ewigen Krach zu Hause."

Frau Kaiser wollte ihrem Mann widersprechen, aber dann ließ sie es sein. Sie begnügte sich vorerst mit dem, was sie erreicht hatte. Wenn sie jetzt einen Streit riskierte, nahm ihr Mann möglicherweise das mühsam errungene Zugeständnis zurück.

„Übermorgen wird Kerstin sechzehn", sagte sie nur noch. „Ich möchte, dass du an ihrem Geburtstag besonders nett zu ihr bist. Sie soll einen schönen Tag haben und wissen, dass alles wieder in Ordnung ist."

„Von mir aus. Du gibst ja doch keine Ruhe, bis du deinen Kopf durchgesetzt hast. Deine Tochter kommt ganz nach dir. Sie will auch immer mit dem Kopf durch die Wand."

Frau Kaiser lächelte. „Kerstin hat eben einen starken Charakter. Das muss nicht unbedingt ein Fehler sein."

„Weiber!", sagte Hubert Kaiser, aber es klang nicht unversöhnlich. Seine Frau, die ihn gut kannte, hörte sogar ein Lächeln aus seiner Stimme heraus.

12. Kapitel

„Mit dir rede ich nicht. Ich halte zu Kerstin", erklärte Susi mit hoch erhobener Nase. Dirk hatte sie nach Schulschluss abgepasst, und obwohl sie es versucht hatte, ließ er sich nicht abschütteln.

„Susi, nun lauf doch nicht weg! Ich muss mit dir reden", flehte er, als er sie wieder eingeholt hatte.

„Aber ich nicht mit dir! Ich rede nicht mit Jungs, die meine beste Freundin verraten." Susi funkelte ihn wütend an. Sie wusste genau, dass er sich seit fast einer Woche jeden Abend im *Domicile* herumtrieb und Kerstin mit anderen Mädchen betrog. Dafür hasste sie ihn.

„Ich habe Kerstin nicht verraten, auch wenn es vielleicht so aussieht. Ich habe versucht, sie zu vergessen, aber es geht einfach nicht."

„Pah! Die ganze Welt weiß, dass du Kerstin belügst und betrügst. Du hast sie im Stich gelassen, nur weil es ein paar Probleme gegeben hat", schnaubte Susi verächtlich. Dirk konnte ihr gestohlen bleiben. Sie hielt zu Kerstin, das war klar. Sie ging schnell weiter und hoffte, dass er sie endlich in Ruhe ließ. Aber er holte sie wieder ein.

„Hör mir doch mal zu, Susi!", flehte er sie erneut an. „Du mußt mir helfen."

„Dir ist nicht zu helfen, du Idiot", schimpfte sie.

„Wenn du mir nicht hilfst, dann kann ich nie mehr mit Kerstin reden, und dann kann ich ihr nicht erklären, wie sehr ich sie liebe und vermisse …"

„Red nicht solchen Blödsinn! Du hast dich schnell getröstet", warf Susi ihm grimmig vor.

Er schüttelte den Kopf. „Ich hab's versucht, das stimmt, aber es ist mir nicht gelungen. Ich liebe nur

Kerstin. Deshalb ist mit anderen Mädchen nichts gelaufen, das musst du mir glauben."

Susi blieb stehen. Dirks letzter Satz machte sie zumindest neugierig.

„Ehrlich? Und was ist mit dieser Lisa? Die ganze Clique hat gesehen, wie du sie abgeschleppt hast."

Er sah beschämt zu Boden. „Ich gebe zu, dass ich es versucht habe. Aber ich habe Lisa weggeschickt, kaum dass wir in meiner Wohnung waren. Du kannst sie ja fragen, wenn du mir nicht glaubst."

„Warum? Ich meine, warum hast du sie weggeschickt? Sie ist doch wahrscheinlich genau dein Typ."

„Das ist sie nicht. Mein Typ ist Kerstin. Sie liebe ich. Wenn ich nicht bald mit ihr reden kann, drehe ich durch." Er machte einen so verzweifelten Eindruck, dass Susi damit aufhörte, auf ihm herumzuhacken.

Ganz allmählich begann sie, ihm zu glauben. Doch noch war sie nicht überzeugt. „Kerstin ist schwer krank, und daran bist allein du schuld!" Sie wollte wissen, wie diese Hiobsbotschaft auf ihn wirkte.

„Das weiß ich. Ich habe jeden Tag nach der Schule auf sie gewartet, aber du bist immer allein rausgekommen." Dirk ließ den Kopf hängen.

„Du hättest mich ja mal nach ihr fragen können, wenn es dich interessiert hätte, was mit ihr ist", hielt sie ihm vor, aber es klang schon weniger aggressiv.

„Wollte ich auch, aber ich wusste nicht, wie ich dich ansprechen sollte."

Dirk wirkte entsetzlich unglücklich. Er sah blass und angespannt aus und hatte dunkle Schatten unter den Augen. Seine sonst übliche coole Art war auf der Strecke geblieben. Sogar sein Gang hatte sich verändert. Er hatte die Hände tief in die Taschen seiner

Levi's vergraben und schlich temperamentlos neben Susi her.

„Ich darf gar nicht daran denken, dass Kerstin morgen Geburtstag hat", sagte er deprimiert. „Wenn du mir nicht hilfst, kann ich ihr nicht mal gratulieren."

Susi überlegte, ob sie ihm sagen sollte, dass Kerstin morgen wieder zur Schule gehen würde. Sie hatte sie am Abend zuvor besucht und es dabei erfahren. Sie hatte noch mehr erfahren, aber das behielt sie vorerst für sich. Susi war der Meinung, dass Dirk ruhig auch leiden sollte. Kerstin hatte es lange genug getan.

„Was würdest du ihr denn sagen, wenn du mit ihr reden könntest?", erkundigte sie sich. Sie gab sich Mühe, nicht zu interessiert zu erscheinen.

„Vieles", sagte Dirk. „Aber vor allem, dass ich sie unheimlich lieb habe und dass ich jetzt genau weiß, dass wir zusammengehören. Und ich möchte ihr gern zum Geburtstag gratulieren und ihr etwas Schönes schenken."

„Was denn?"

„Das geht dich nichts an, Susi. Aber ich kann dir sagen, dass es Kerstin freuen wird."

Susi schmollte. „Wenn du mich nicht ins Vertrauen ziehst, dann sieh selbst zu, wie du an Kerstin rankommst."

Dirk fasste sie am Arm, damit sie ihm nicht entwischen konnte. „Und wenn ich dich sehr darum bitte, Susi? Du bist doch Kerstins beste Freundin. Sie hat immer so begeistert von dir erzählt. Ich war überzeugt, du seist viel netter."

Das half. „Ich bin schon nett – wenn die anderen nett sind."

„Also gut, dann bin ich eben auch nett. Nur mach,

dass ich Kerstin sehen kann! Bitte, Susi! Ich flehe dich an. Soll ich vor dir auf der Straße knien?"

Sie lachte verlegen. „Nein, danke! Die Leute würden denken, du seist verrückt."

„Wenn das so weitergeht, werde ich verrückt. Verrückt vor Liebe zu Kerstin und vor Sehnsucht nach ihr. Du kannst dir nicht vorstellen, was ich mitgemacht habe in den letzten Tagen", sagte er mit einem schmerzlichen Ton in der Stimme.

Endlich ließ Susi sich erweichen. Sie war ja kein Unmensch, und Kerstin war, das wusste sie, nur zu helfen, wenn sie ihren Dirk wiederbekam.

„Tja, wenn das so ist, werde ich wohl eingreifen müssen", erklärte sie. „Aber nur, wenn du mir versprichst, dass du immer lieb zu Kerstin bist."

„Das verspreche ich dir gern. Etwas anderes habe ich gar nicht vor", stimmte er sofort zu. „Und auch sonst verspreche ich dir, was du willst. Hauptsache, du machst, dass ich Kerstin endlich wieder sehen kann."

Susi genoss es, diese wichtige Rolle zu spielen. Sie fühlte sich wie ein Retter aus höchster Not. Dazu kam, dass sie Kerstin gern einen solchen Freundschaftsdienst erwies.

„Also, dann hör mal zu!", begann sie und machte ein Gesicht wie ein Geheimagent, der im Begriff ist, eine wichtige Mission zu erfüllen. „Kerstin hat ja morgen Geburtstag …"

„Das weiß ich doch. Und weiter", unterbrach Dirk sie ungeduldig.

„Sie hat mich nachmittags zum Kaffee eingeladen", fuhr Susi fort.

„Schön für dich, aber was habe ich davon?"

„Nun warte doch mal!", rügte sie ihn. „Ich weiß, dass

Kerstin morgen Nachmittag allein zu Hause ist. Ihr Vater arbeitet, und ihre Mutter muss eine Tante im Krankenhaus besuchen …"

„Du meinst, ich könnte …" Dirk verstummte. Allein die Hoffnung machte ihn fertig.

„Genau das meine ich. Hast du den Mut dazu?"

„Dumme Frage", sagte Dirk. „Ich würde ohne Seil auf die Turmspitze des Münsters steigen, wenn Kerstin dort Geburtstag feiern würde."

„Zuzutrauen wäre es dir", lachte Susi. „Aber das wäre übertrieben – auch wenn es nicht schlecht wäre, wenn du Kerstin einen Liebesbeweis geben würdest. Sie hätte es verdient, weißt du? Sie war furchtbar unglücklich."

„Hast du ihr etwa das von Lisa erzählt?", fragte er entsetzt. Susi nickte. „Na klar! Meinst du, ich würde meine beste Freundin hintergehen?"

„Was hat sie gesagt?"

„Sie war nicht gerade glücklich, dass du sie schon nach ein paar Tagen vergessen hast."

„Ich werde alles wieder gutmachen", schwor Dirk. „Aber ich habe Kerstin nicht betrogen. Ich habe Lisa fortgeschickt und sie nicht mehr getroffen …"

„Und was war mit den anderen Mädchen im *Domicile*?"

„Mit ihnen habe ich nur getanzt, aber immer, wenn ich eine im Arm hatte, habe ich an Kerstin gedacht. Ich konnte sie einfach nicht vergessen, obwohl ich es eine Zeit lang versucht habe, weil alles so deprimierend war. Du weißt sicherlich, dass ihr Vater mir die Hölle heiß gemacht hat."

„Ja, Kerstin hat es mir erzählt. Das finde ich auch übel", gestand Susi mitfühlend.

„Aber das ist mir jetzt egal. Wenn ich aus dem Jeansladen rausfliege, suche ich mir eben einen neuen Job. Hauptsache, ich bekomme Kerstin wieder."

„Ehrlich? Meinst du das ernst?"

„Ganz ehrlich. Für Kerstin würde ich noch viel mehr tun", versicherte er, und Susi leistete heimlich Abbitte. Dirk war viel sympathischer, als sie gedacht hatte.

„Also gut, aber ich tu's nur für Kerstin", sagte sie nach ein paar Minuten. „Ich gehe um drei morgen Nachmittag zu ihr. Wenn du willst, kannst du mitkommen. Vielleicht lasse ich euch für eine Stunde allein, aber nur, wenn du versprichst ..."

„Ich habe dir doch alles versprochen. Aber wenn das nicht reicht, verspreche ich dir noch mehr. Was du willst. Nur, nimm mich morgen mit zu Kerstin", bat Dirk so eindringlich, dass Susi lächeln musste.

„Okay, Dirk! Hoffentlich weißt du, was ich für dich tue." Er nickte. „Ich werde es dir nie vergessen, Susi. Du bist ab sofort auch meine beste Freundin."

Irgendwie freute Susi sich über seine Worte. Dirk war wirklich nett. Plötzlich konnte sie verstehen, dass Kerstin vor Sehnsucht nach ihm krank geworden war.

„Also gut. Treffen wir uns kurz vor drei vor Kerstins Haus. Du weißt ja, wo sie wohnt."

„O ja, das weiß ich. Danke, Susi. Bis morgen. Ich werde pünktlich sein."

„Musst du denn nicht arbeiten?"

„Eigentlich schon, aber ich finde schon eine Ausrede. Kerstin ist wichtiger als der beste Job der Welt."

Vor Dirks Jeansladen verabschiedeten sie sich.

„Ich backe morgen früh noch einen Kuchen für dich, und dann fahre ich nach Essen und besuche Tante

Berta", sagte Frau Kaiser am selben Abend zu Kerstin. „Trink gemütlich Kaffee mit Susi, und wenn du willst, lade ruhig noch ein paar Freunde ein. Das wird dir sicher gut tun."

Kerstins Herz tat einen fast schmerzhaften Sprung. Wie, wenn sie einfach Dirk einladen würde? Sie wollte es sehr, aber sie wusste nicht, ob er kommen würde. Nach allem, was Susi ihr erzählt hatte, hatte er sie schon vergessen.

Aber morgen würde sie wieder zur Schule gehen, und bei dieser Gelegenheit wollte sie wenigstens mit ihm telefonieren. Nachdem ihre Mutter nach Essen zu Tante Berta fahren würde und ihr Vater arbeitete, war sicher, dass niemand sie von der Schule abholen würde. Sie konnte es also wagen, mit Dirk Kontakt aufzunehmen. Dann konnte sie ihn direkt fragen, ob er sie belogen hatte, ob alle seine lieben Worte nur Phrasen gewesen waren …

„Vati hätte bestimmt etwas dagegen, wenn ich Freunde einladen würde", antwortete sie auf die letzte Bemerkung ihrer Mutter.

„Das hat er nicht. Ich habe ihn gestern gefragt. Er ist einverstanden, wenn du ein kleines Fest machen willst. Er hat morgen Abend noch eine Betriebsversammlung und kommt nicht vor Mitternacht nach Hause. Und ich werde mit dem Zug gegen neun kommen. Du hast also Zeit …"

Kerstin verstand nur noch Bahnhof. Noch vor einer Woche hatten ihre Eltern sie regelrecht eingesperrt und überwacht wie einen Sträfling, und jetzt bot ihre Mutter ihr an, eine Geburtstagsfete zu veranstalten! Mehr noch, sie forderte sie geradezu auf, auch Dirk einzuladen. Oder irrte sie sich? „Was würdest du sagen, wenn ich Dirk einladen würde?", fragte sie, um wenigstens in diesem Punkt Klarheit zu bekommen.

„Eigentlich gar nichts", antwortete ihre Mutter und setzte sie damit schachmatt. „Ich kann mir denken, dass du das gern tun würdest."

„Aber ihr habt mir doch verboten, ihn jemals wieder zu sehen!", rief Kerstin völlig fassungslos.

Ihre Mutter nickte. „Ich weiß. Aber inzwischen warst du krank, und ich hatte ein Gespräch mit Dr. Frank ..."

Das war es also! Der gute Dr. Frank! Am liebsten hätte Kerstin ihn auf der Stelle angerufen und sich bei ihm bedankt. Es war klar, dass er es geschafft hatte, dass ihre Eltern zur Vernunft gekommen waren. Zumindest ihre Mutter. Bei ihrem Vater war Kerstin sich noch lange nicht sicher.

„Bist du sicher, dass Vati nicht durchdreht, wenn er es erfährt?", erkundigte sie sich zaghaft.

„Mach dir darüber keine Sorgen. Ich habe mit ihm gesprochen."

„Was hat er gesagt?", fragte Kerstin drängend.

„Lass nur, Kerstin. Du kannst dich auf mich verlassen." Ihre Mutter wich aus.

Kerstin ahnte, dass sie in ihrer Mutter eine Verbündete hatte. Wie ihr Vater aber tatsächlich zu dieser Sache stand ...

Aber darüber nachzudenken hatte sie jetzt keine Zeit. Sie musste sich überlegen, ob sie Dirk anrufen und einladen sollte. Der Weg war frei – und durch die letzten Tage sehr steil geworden. Die Unsicherheit schmerzte fast genauso sehr wie die lange Trennung.

„Ich hätte gedacht, du würdest dich freuen. Stattdessen machst du immer noch dieses traurige Gesicht."

„Ich wage es einfach nicht, mich zu freuen", gestand

Kerstin „Die letzte Zeit war nämlich furchtbar für mich.“

„Ich weiß, Kerstin, und es tut mir von ganzem Herzen Leid. Künftig werde ich versuchen, dich besser zu verstehen.“

Kerstin warf sich in die Arme ihrer Mutter. „Danke, Mutti“, sagte sie leise. „Das ist das schönste Geburtstagsgeschenk für mich. Du brauchst mir nichts mehr zu schenken.“

Ihre Mutter streichelte ihr über die Haare. „Das freut mich, Kerstin. Wollen wir versuchen, wieder besser miteinander auszukommen?“

„Ja, Mutti, gern. Mir hat das alles nämlich auch gestunken“, gestand sie.

„Dann schlaf jetzt in deinen sechzehnten Geburtstag hinein. Du wirst sehen, ab morgen sieht die Welt auch für dich wieder besser aus.“

Frau Kaiser verließ das Zimmer ihrer Tochter und ging lächelnd ins Wohnzimmer. Aufseufzend ließ sie sich in einen Sessel fallen. „So weit alles klar“, sagte sie zu ihrem Mann. „Wenn du mir jetzt keinen Strich durch die Rechnung machst, haben wir Kerstins Vertrauen wiedergewonnen.“

„Du solltest nicht immer so tun, als sei ich ein Unmensch“, brummte Herr Kaiser. „Mir ist eine fröhliche Tochter auch lieber als dieses Gespenst, in das Kerstin sich verwandelt hat.“

„Dann akzeptier künftig, dass sie alt genug ist, darüber zu entscheiden, was gut für sie ist“, bat Kerstins Mutter.

„Ich kann's ja mal versuchen“, brummte Hubert Kaiser halbherzig. Und setzte, als er die zufriedene Miene seiner Frau sah, hinzu: „Aber glaub nur nicht, dass ihr beide mir künftig auf der Nase herumtanzen könnt!“

Frau Kaiser musste unwillkürlich schmunzeln.

„Aber nein, Hubert, das würden wir nie tun. Wir wissen doch, dass du der Herr im Haus bist.“

Ihr Lächeln vertiefte sich, als ihr Mann sich zufrieden in seinem Sessel zurücklehnte und die Abendnachrichten im Fernsehen einschaltete.

Wenn Kerstin ein Gänseblümchen gehabt hätte, hätte sie bestimmt versucht, an seinen Blättern abzuzählen: Er liebt mich, er liebt mich nicht …

Auch ohne Gänseblümchen ging der Reim ihr nicht mehr aus dem Kopf. Liebte Dirk sie wirklich, oder hatte sie sich in ihm getäuscht? Waren seine Zärtlichkeiten und seine heißen Küsse nur etwas gewesen, das auch viele andere Mädchen erleben durften? War sie einfach zu unerfahren gewesen, um zwischen wahrer Liebe und einem schnell verlöschendem Strohfeuer zu unterscheiden?

Nein, für sie stand fest: Sie liebte ihn. Sie hatte nicht einmal echte Zweifel an ihm. Da war nur eine gewisse Unsicherheit, hervorgerufen durch die fast zweiwöchige Trennung und Susis Erzählungen. Und doch: Sie konnte nicht glauben, dass Dirk sie so schnell vergessen und mit einem anderen Mädchen betrogen hatte, ganz egal, was man ihr erzählt hatte. Bestimmt hatte er eine Erklärung dafür, und vielleicht würde alles wieder gut …

Sie lag in ihrem Bett. Seit zwei Stunden versuchte sie einzuschlafen, denn morgen, an ihrem sechzehnten Geburtstag, würde sie wieder zur Schule gehen. Und in der großen Pause würde sie Dirk anrufen und ihn fragen, ob er zu ihrer kleinen Geburtstagsfeier kommen wolle …

Und wenn er sie auslachte? Wenn er gar nicht wusste, was sie von ihm wollte? Wenn er sie längst vergessen und eine neue Freundin hatte? Die Zweifel kamen immer wieder. Je mehr Zeit verging, desto weniger klar konnte Kerstin denken. In ihrem Kopf ging alles drunter und drüber. Wenn sie doch nur auf der Stelle mit Dirk reden könnte – aber es war weit nach Mitternacht, und außerdem hatte er kein Telefon. Sie musste also bis morgen warten, so schwer es ihr auch fiel.

Kerstin fiel in einen unruhigen Halbschlaf und träumte von Dirk. Im Traum sah sie sein Gesicht vor sich, blickte in seine schönen, dunklen Augen, und später fühlte sie seine weiche Haut unter ihren Fingerspitzen. Aber erst, als sie ihn im Traum zärtlich küsste, entspannte sie sich. Endlich konnte sie richtig einschlafen. Das hatte Kerstin auch dringend nötig. Die beiden letzten Wochen hatten gehörig an ihren Kräften gezehrt. Sie war ziemlich dünn geworden und sehr blass. Das lag, wie Dr. Frank ihr ausführlich erklärt hatte, an ihrem Kreislauf und natürlich daran, dass sie kaum etwas gegessen hatte.

In dieser seltsamen Nacht, in der sie nicht glücklich und nicht unglücklich war, erholte sie sich ein wenig. Dazu trug der Traum bei, der gegen Morgen so intensiv wurde, dass sie im Schlaf ihr Kopfkissen umarmte und es fest an sich drückte. Für sie war das weiche Kissen Dirk. Sie schmiegte ihr Gesicht hinein und träumte, sie läge an Dirks Schulter. Sie fühlte sogar seine zärtlichen Hände, die behutsam ihren nackten Rücken streichelten …

„Aufstehen, Kerstin! Du willst doch heute wieder zur

Schule gehen. Und alles, alles Liebe zu deinem sechzehnten Geburtstag, meine kleine große Tochter."

Frau Kaiser lupfte Kerstins Bettdecke, um ihre Tochter damit zum Aufstehen zu bewegen .

„Ach, Mutti, ich hab gerade so schön geträumt." Kerstin streckte sich wohlig.

„Das sieht man. Du hast wieder ein wenig Farbe im Gesicht. Aber nun komm! Ich möchte sehen, was du zu deinem Geburtstagsgeschenk sagst", ermunterte ihre Mutter sie.

Erst jetzt sah Kerstin das bunt verpackte Paket in den Armen ihrer Mutter. „Ist das für mich?", fragte sie neugierig.

„Natürlich, was glaubst du denn? Pack es schnell aus."

Kerstin nahm das Paket an sich. Es war überraschend leicht. Sie knüpfte die rote Schleife auf und löste das Geschenkpapier von einer Pappschachtel.

„Was ist da drin?", fragte sie erwartungsvoll.

„Mach doch auf, dann siehst du es." Ihre Mutter lächelte.

Kerstin hob den Deckel der Schachtel ab. Dann glaubte sie, ihren Augen nicht zu trauen. Ihre Mutter hatte einen riesigen Wunsch erraten, den sie ihres Wissens nie laut geäußert hatte – zumindest nicht ihren Eltern gegenüber.

Ihre Hände griffen nach der wunderschönen Lederjacke, und sie fühlte sich genauso weich an, wie sie aussah.

„Wahnsinn! Toll! Ich fasse es nicht. Woher hast du denn gewusst, dass ich mir genau so eine Jacke wie verrückt gewünscht habe?", fragte sie aufgeregt. Sie nahm das kostbare Stück vorsichtig aus der Verpackung und zog es über das zerknitterte Nachthemd. Dann stellte sie sich vor den Spiegel. „Die absolute Wucht! Die anderen in meiner Klasse werden platzen vor Neid. Aber jetzt sag mir, woher du gewusst hast ...“

„Ich habe Susi gefragt. Mit ihr teilst du doch alle Geheimnisse, und ihr vertraust du auch deine geheimsten Wünsche an, oder etwa nicht?“

„Ja, klar. Susi also. Hat sie die Jacke mit ausgesucht?“ Kerstin drehte sich begeistert vor dem Spiegel.

„Nein. Ich habe sie allein gekauft in einem Jeans-Shop, in dem ein freundlicher junger Mann arbeitet, der genau wusste, was ich haben wollte ...“

„Ich glaube, ich spinne“, entschlüpfte es Kerstin. „Du hast diese tolle Jacke bei Dirk gekauft?“

Ihre Mutter nickte lächelnd. „Ja, das habe ich. Er hat sie mit ausgesucht. Er meinte, diese Farbe passe am besten zu deinen hellen Haaren und deinen blauen Augen. Wenn ich dich jetzt damit sehe, muss ich sagen, Dirk hat Recht gehabt.“

Kerstin fiel ihrer Mutter um den Hals. „Vielen, vielen Dank, Mutti. Ich weiß gar nicht, was ich sagen soll. Das ist so ein tolles Geschenk ...“

„Dann freu dich darüber. Mach dich schnell fertig, damit du nicht zu spät zur Schule kommst. Ich richte solange dein Frühstück her.“

„Darf ich die Jacke heute anziehen?“, fragte Kerstin fast ängstlich.

„Aber natürlich, Kerstin. Sie gehört doch dir! Du bist heute sechzehn Jahre alt geworden und damit alt genug, über solche Kleinigkeiten allein zu entscheiden – und über größere, wichtigere Sachen auch.“

Frau Kaiser verließ Kerstins Zimmer, und ihre Tochter stand wie angewurzelt da und sah ihr nach.

13. Kapitel

„Herzlichen Glückwunsch zum Geburtstag, Kerstin! Ich bin froh, dass du wieder in der Schule bist. Es war stinklangweilig ohne dich." Susi drückte ihrer Freundin ein Küsschen auf die Wange und streckte ihr ein kleines Päckchen hin. „Für dich."

Kerstin freute sich, als sie das Geschenk ausgepackt hatte. Es enthielt grauen Lidschatten, rosa Lipgloss und ein kleines Fläschchen Parfüm, alles in einem poppigen Kosmetiktäschen verpackt.

„Es ist gut, wenn man eine Freundin wie dich hat", sagte Kerstin begeistert. „Dir verdanke ich ja auch diese tolle Jacke." Natürlich hatte sie die neue Lederjacke an, und sie fühlte sich darin wie ein Schneekönig. Wenn nur Dirk sehen könnte, wie gut ihr die Jacke stand!

Dirk! Sie musste mit Susi über ihn reden, aber jetzt klingelte es zur ersten Stunde.

„In der kleinen Pause muss ich dringend mit dir reden", konnte sie Susi gerade noch zuflüstern. „Es geht um Dirk."

Das konnte Susi sich lebhaft vorstellen. Sie hatte schon die ganze Zeit erwartet, dass Kerstin sie darauf ansprach.

Sie schmunzelte leise, als sie daran dachte, welche Überraschung dieser Tag für Kerstin noch bereithielt. Es fiel ihr unheimlich schwer, dichtzuhalten, aber es gelang ihr. Jetzt musste sie nur noch eine Klippe umschiffen. Garantiert würde Kerstin sich mit Dirk in Verbindung setzen wollen, und das musste sie um jeden Preis verhindern …

In der kleinen Pause sagte Kerstin dann auch: „Ich

muss unbedingt mit Dirk telefonieren. Ich gehe schnell rüber in die Eisdiele. Wenn es später wird, entschuldigst du mich dann bei der alten Meyer?"

Die alte Meyer war die Zeichenlehrerin.

Susi flunkerte, dass sich die Balken bogen. Was tat man nicht alles, um der besten Freundin zu ihrem Glück zu verhelfen? „Du brauchst Dirk nicht anzurufen", behauptete sie. „Er ist nicht in der Stadt. Ich habe gestern im *Domicile* gehört, dass er für ein paar Tage zu seinen Eltern gefahren ist."

Ausgerechnet! Auf Kerstin wirkte diese Nachricht niederschmetternd. Sie konnte nicht mehr warten! Sie musste unbedingt mit ihm sprechen, damit sie endlich Klarheit hatte. Und abgesehen davon wollte sie endlich wieder seine Stimme hören, ganz egal, was er ihr sagen würde. „Weißt du das genau?", fragte sie Susi.

„Ganz genau. Jambo hat es mir erzählt, und der weiß immer alles über Dirk."

Schweren Herzens begrub Kerstin den Traum vom schönsten Geburtstagsgeschenk ihres Lebens. Das wäre ein Wiedersehen mit Dirk gewesen, vielleicht sogar ein Kuss …

„Lass den Kopf nicht hängen! Freu dich, dass du wieder unter den Lebenden bist. Und wenn ich so eine tolle Lederjacke zum Geburtstag geschenkt bekommen hätte, würde ich jubeln vor Freude", sagte Susi.

„Ich will aber endlich Dirk wieder sehen", antwortete Kerstin bedrückt. „Ich kann an nichts anderes mehr denken."

Susi stöhnte in gespielter Verzweiflung. „Nun nerv mich nicht! Nicht das ganze Theater wieder von vorn! Du warst lange genug liebeskrank. Jetzt wird wieder gelebt, Kerstin!"

„Du hast gut reden“, blockte Kerstin den Wortschwall ihrer Freundin ab. „Du hast ja keine Ahnung, wie schlimm das alles für mich ist. Ich kann nicht leben ohne Dirk.“

Susi versuchte zu lachen. „Du redest wie die Hauptdarstellerin in einer alten Heimatschnulze“, warf sie Kerstin vor. „Dirk würde sich kaputtlachen, wenn er das hören könnte.“

„Meinst du?“, fragte Kerstin erschrocken. „Aber ich meine es ehrlich.“

„Du hast wahrscheinlich aus Versehen von den Liebesperlen von eurem Wellensittich gegessen“, zog Susi sie auf. „Seither spinnst du.“

„Ich spinne kein bisschen“, sagte Kerstin fest. „Ich weiß nur, dass ich Dirk schrecklich liebe.“

„Das hast du jetzt schon dreimal gesagt. Allmählich weiß ich es auch.“ Susis Geduld hatte ihre Grenzen. Diese paar Stunden würde Kerstin doch noch überleben! Spätestens um drei Uhr nachmittags hatte sie ihren Dirk wieder. Sie, Susi, würde dafür sorgen, und sei es nur, um endlich wieder die alte Kerstin um sich zu haben, mit der man etwas anfangen und Spaß haben konnte.

„Du könntest ruhig ein bisschen netter zu mir sein. Schließlich war ich fast zwei Wochen krank“, beschwerte Kerstin sich.

„Ich will ja nett zu dir sein, aber du spielst den Trauerkloß.“

„Den muss ich nicht spielen. Ich bin traurig“, sagte Kerstin.

Susi gab es auf. Die wenigen Stunden bis zum Geburtstagskaffee würde sie eben die leidende Kerstin noch ertragen müssen.

Es klingelte zweimal an der Wohnungstür. Kerstin wusste, dass es nur Susi sein konnte. Sie hatte darauf verzichtet, andere Freunde aus der Klasse oder aus der Clique einzuladen. Wenn sie mit Susi allein war, konnte sie über Dirk reden. Zu etwas anderem hatte sie keine Lust.

Sie war noch im Bademantel, weil sie gerade geduscht hatte. Ihre Haare waren noch nass. Sie ging zur Tür und öffnete sie. „Komm schon mal rein. Ich föhne nur noch schnell meine Haare“, sagte sie, ohne sich nach ihrem Besuch umzudrehen.

Sie ging in Richtung Badezimmer, als starke Arme sie von hinten umfingen.

„Mein kleiner, lieber, nasser Hase“, flüsterte ihr eine geliebte Stimme ins Ohr.

Kerstin blieb ganz still stehen. Sie rührte sich nicht, als hätte sie Angst, aus einem wundervollen Traum zu erwachen.

„Was ist denn, Häschen? Hast du das Reden verlernt, oder willst du nichts mehr mit mir zu tun haben?“ Dirk wühlte seinen Mund in ihr nasses Haar, und sie umfasste mit beiden Händen den Arm, der sie umschlungen hielt.

„Bist du es wirklich, oder träume ich? Bitte, kneif mich“, bat sie, ohne sich zu ihm umzudrehen.

Er drehte sie in seinen Armen, und dann sah er ihr in die Augen. „Herzlichen Glückwunsch zu deinem Geburtstag, mein Hase. Alles, alles Liebe. Darf ich dir einen Kuss geben? Ich möchte es so gern.“

Sie schloss leise bebend die Augen. Ein wohliges Zittern erfasste ihren Körper, als seine Lippen ihren Mund berührten und sie mit unendlicher Zärtlichkeit küssten. Sie kam nicht zum Nachdenken. Sie schmiegte sich an Dirk und erwiderte seinen Kuss, unendlich glücklich darüber, dass er da war. Er war wirklich gekommen! Er küsste sie so innig, dass sie nicht mehr danach fragen musste, ob er sie liebte. Mit diesem Kuss bewies er es deutlich. Es war herrlich, einfach wunderschön. Die ganze Welt veränderte sich, wurde von Sekunde zu Sekunde heiterer und freundlicher. Alles war gut. Dirk war da, er küsste sie, und sie konnte sich wieder an ihn schmiegen, ihn spüren.

Nach einem unendlich langen Kuss streichelte Dirk ihre zarte Haut unter dem Bademantel. Sie schloss die Augen, um seine Berührung noch intensiver genießen zu können.

„Guck mich wieder an, Hase. Ich habe deine Augen so vermisst", bat Dirk zärtlich.

Sie öffnete die Augen und sah ihn an. „Warum bist du eigentlich hier?", fragte sie. „Und wo ist Susi? Sie hat mir erzählt, du seist zu deinen Eltern gefahren. Ich wollte dich heute Vormittag anrufen …"

Er nickte lächelnd und strich ihr eine nasse Haarsträhne aus dem Gesicht. „Das weiß ich alles, Hase. Susi und ich haben uns verschworen, weil wir dich überraschen wollten. Na, was meinst du, ist uns diese Überraschung gelungen?"

Kerstin nickte glücklich. „Und wie! Du kannst dir gar nicht vorstellen, wie froh ich bin. Heute Nacht habe ich noch Angst gehabt, dich nie mehr wieder zu sehen."

Er zog sie an sich. „Dummer Hase. Du weißt doch, dass ich dich sehr lieb habe."

„Aber, aber …" Kerstin wollte ihn so vieles fragen, aber ein liebevoller Kuss verschloss ihr den Mund.

„Es gibt kein Aber, Häschen. Ich liebe dich. Und ich werde es nicht mehr zulassen, dass man uns trennt."

Ihre Fragen beantworteten sich von selbst. Es war, als hätte es sie nie gegeben. Nur eines musste sie noch wissen. „Was ist mit Lisa?“, fragte sie leise.

„Mit Lisa ist gar nichts. Es ist überhaupt nichts passiert. Ich habe versucht, mich mit ihr zu trösten, aber es hatte keinen Sinn. Ich musste immer nur an dich denken, und so habe ich Lisa fortgeschickt. Es ist wirklich nichts gewesen, das mußt du mir glauben, Hase.“ Er küsste sie genau auf die Stelle, an der ihr Bademantel ein wenig offen stand und den Ansatz ihres kleinen, festen Busens freigab.

Sie vergrub ihre Hände in seinen kurzen Haaren, die sich wie Samt anfühlten. Es war schön, wieder darin wühlen zu können.

„Ich bin so froh, dass du wieder da bist, Dirk. Ich hatte solche Angst ...“

„Du brauchst keine Angst mehr zu haben, Häschen. Jetzt bin ich wieder da, und ich lasse dich nie mehr allein.“

„Aber dein Chef, dein Job, mein Vater und alle Schwierigkeiten?“

„Wir werden damit fertig werden. Mit deiner Mutter habe ich mich gut unterhalten, als sie die Lederjacke für dich gekauft hat. Ich glaube, sie fand mich gar nicht unsympathisch. Hat die Jacke dir eigentlich gefallen?“

„Und ob!“, erzählte sie begeistert. „Vor allem, als ich gehört habe, wo meine Mutter sie gekauft hat.“

„Ich habe auch ein Geschenk für dich. Willst du es denn gar nicht sehen?“

„Doch, schon, aber erst will ich noch einen Kuss. Danach habe ich mich schrecklich gesehnt.“

Der nächste Kuss warf sie fast um. Dirk legte alles in ihn hinein, was er ihr sagen wollte. Er bat sie um

Entschuldigung dafür, dass er fast kapituliert hätte vor allen Schwierigkeiten, und er wollte ihr beweisen, dass er sie unendlich lieb hatte.

Kerstin war glücklich. Und sie war unendlich dankbar, dass sie in Susi so eine gute Freundin hatte, die ihr diese Überraschung beschert hatte.

„Ich glaube, ich sollte mich endlich anziehen", meinte Kerstin nach dem ewig langen Kuss. „Susi kommt doch noch?"

Er nickte. „Ja, aber sie hat uns bis fünf Zeit gegeben. Noch eineinhalb Stunden."

Eineinhalb Stunden allein mit Dirk …

„Willst du mitkommen, wenn ich mich anziehe? Dann kannst du gleich mein Zimmer sehen", fragte sie mit klopfendem Herzen.

Er hob sie hoch und nahm sie auf seine Arme. „Wo ist denn dein Zimmer?"

Sie schlang ihre Arme um seinen Nacken und wies mit dem Kopf zu der hintersten Tür im Flur.

„Mach die Augen zu! Aber nicht mogeln!" Dirk drückte sie sanft aufs Bett.

Kerstin ließ sich fallen und schloss die Augen, wie er es wollte. Sie hörte, wie er ihr Zimmer verließ, aber wenige Augenblicke später war er wieder da. Sie fühlte seine weichen Lippen auf ihrem Mund. „Herzlichen Glückwunsch zum Geburtstag, Häschen. Und nun fühl mal."

Etwas bewegte sich in ihren Händen. Es war klein, warm und sehr lebendig. Außerdem fühlte es sich flaumweich an.

„Nicht die Augen aufmachen! Du sollst raten, was es ist."

Sie streichelte mit den Fingern über den warmen, seidigen Pelz eines kleinen Tieres, das seine warme Nase in ihre hohle Hand steckte.

„Eine kleine Katze?", fragte sie.

„Falsch", sagte er und küsste sie. „Aber schon ziemlich nahe dran."

Noch einmal erkundeten ihre Fingerspitzen das Fell des kleinen Tieres. „Ein Hamster vielleicht?"

„Aber Hase", sagte Dirk streng. „Du enttäuschst mich. Was schenkt wohl ein Mann seinem Hasen, den er lieb hat?"

„Einen Hasen!", jubelte Kerstin überglücklich und schlug die Augen auf. In ihrem Schoß saß ein winziges Häschen mit schneeweißem Fell und hellblauen Augen.

Sie nahm das Tier hoch und hielt es an ihre Wange. „Ist das süß", freute sie sich.

„Das finde ich auch", meinte Dirk. „Ich hab den kleinen Kerl im Fenster der Zoohandlung sitzen sehen und wusste sofort, dass er zu dir gehört. Er sieht dir nämlich ähnlich."

Kerstin musste lachen. „Du bist verrückt. Wie kann ich einem Hasen ähnlich sehen?"

„Du hast fast so helle Haare wie Fritzchen, und deine Augen sind fast genauso blau. Du hast mich schon immer an ein süßes kleines Häschen erinnert. Vor allem, wenn du mich so anguckst wie jetzt."

Der kleine Hase war eine Weile vergessen, weil sie und Dirk sich unbedingt lange, lange küssen mussten. Schließlich beförderte Dirk das Hasenkind samt Kissen auf den Fußboden, damit es nicht erdrückt wurde. Dort fühlte es sich sichtlich wohl.

Kerstin und Dirk hatten Fritz jedoch nicht mehr im

Blick. Sie waren, sich leidenschaftlich umarmend, auf Kerstins Bett gesunken.

Endlich, endlich waren sie wieder zusammen. Sie waren so ausgehungert nacheinander, dass sie nicht genug voneinander bekommen konnten. Sie küssten sich immer wieder, und jeder Kuss war noch leidenschaftlicher als der vorhergehende. Dirk öffnete den Gürtel, der Kerstins Bademantel zusammenhielt, und dann presste er sein Gesicht zwischen ihre mädchenhaften Brüste. Mit den Fingerspitzen streichelte er ihre zarte Haut.

„Ich kann dein Herz klopfen hören", flüsterte er.

„Ich weiß. Es hämmert richtig vor Freude, aber ich habe auch ein bisschen Angst", gestand sie Dirk leise.

Seine Lippen strichen zärtlich über ihren Busen.

„Du brauchst keine Angst mehr zu haben, Häschen", versicherte er. „Wir schaffen das schon. Ich werde deinen Eltern beweisen, dass ich nicht der miese Kerl bin, für den zumindest dein Vater mich hält. Und übrigens, Hase …"

„Was ist denn?" Kerstin wünschte sich, er würde nie mehr damit aufhören, ihre Brüste zu liebkosen.

„Du bist jetzt sechzehn und deshalb nicht mehr minderjährig; nicht in dem Sinn, dass dein Vater mir deshalb ans Leder kann."

„Echt nicht?", wunderte Kerstin sich. Darüber hatte sie noch nicht nachgedacht.

„Nein. Aber ich werde versuchen, deinen Vater ohne Hinweis darauf zu überzeugen. Vielleicht gelingt es mir ja. Mit deiner Mutter bin ich schon ganz gut klargekommen."

Kerstin zog seinen Kopf an sich und hielt ihn fest. Sie spürte glücklich das Gewicht seines Körpers auf sich. Es tat unendlich gut, so dazuliegen und zu wissen, dass sie wieder zueinander gefunden hatten.

„Weißt du was, Dirk? Ich glaube, meine Mutter hat das extra gemacht. Ich meine, dass sie ausgerechnet heute zu Tante Berta nach Essen gefahren ist. Ich glaube, sie wollte dich mir … irgendwie zum Geburtstag schenken. Meinst du, das könnte sein?“

„Ich weiß es nicht. Ich kenne deine Mutter noch nicht so gut. Aber ich glaube, sie ist in Ordnung. Sie war sehr nett, als sie die Lederjacke für dich bei mir im Geschäft gekauft hat. Wahrscheinlich hatte sie einfach Angst um dich. Sie hat mich ja nicht gekannt. Irgendwie verstehe ich sie. Wenn ich später mal eine süße Tochter habe, werde ich mir die Typen auch genau ansehen, mit denen sie sich trifft …“

Die Vorstellung, dass Dirk einmal Vater werden würde, belustigte Kerstin. „Du und Papi“, kicherte sie.

Er küsste sie lange. „Lach nicht! Das kann passieren“, sagte er grinsend. „Wir könnten uns sogar vorstellen, dass du die dazugehörende Mami wirst …“

„Du bist unmöglich“, lachte Kerstin. „Erst mal bin ich froh darüber, dass du mein Freund sein kannst, ohne dass die ganze Welt sich darüber aufregt. Du musst nur deiner Clique klarmachen, dass man auch mit sechzehn in Ordnung sein kann.“

„Das ist kein Problem“, sagte Dirk sofort. „Wer etwas gegen dich sagt, der lernt mich kennen.“ Er setzte eine kämpferische Miene auf, und Kerstin, die nur den sanften, liebevollen Dirk kannte, musste lachen.

Sie lachte immer noch, als sie ihn auf den Mund küsste. Der lange Kuss war Auftakt für eine herrliche Stunde, in der sie vieles nachholten, was man ihnen verwehrt hatte. Die Zeit verging, ohne dass es ihnen bewusst wurde. Sie schreckten beide hoch, als es zweimal durchdringend an der Tür läutete.

„Das ist bestimmt Susi“, sagte Kerstin. Sie befreite sich aus Dirks Armen und fuhr sich mit beiden Händen in das völlig zerzauste, immer noch feuchte Haar. „Ich muss ihr aufmachen. Wenn sie nicht gewesen wäre, wärst du vielleicht nicht hier.“

„Irgendwann hätte ich dich gefunden, Kerstin. Auch ohne Susi. Aber sie hat mir sehr geholfen. Deshalb ist sie auch meine beste Freundin – nach dir, meine ich. Lass sie also rein. Wir wollen doch deinen Geburtstag feiern.“

Kerstin hüllte sich in ihren Bademantel. „Den hab ich schon gefeiert. Ich glaube, ich werde nie mehr einen so schönen Geburtstag haben wie diesen“, erklärte sie überglücklich.

„Man soll nie nie sagen“, belehrte er sie lächelnd. „Solange ich bei dir bin, werden alle deine Geburtstage schön, das verspreche ich dir. Ich muss doch dafür sorgen, dass du schnell ein großer Hase wirst. Ich meine, wir müssen den Leuten zeigen, dass man auch zusammenpassen kann, wenn man vier Jahre auseinander ist.“

„Genau“, sagte Kerstin und warf ihm eine Kusshand zu. Dann ging sie zur Tür, um ihre beste Freundin hereinzulassen.

„Aha, es hat also geklappt“, stellte Susi sehr erfreut beim Anblick Kerstins fest. „Du siehst unheimlich glücklich aus.“

„Ich sehe nicht nur so aus, ich bin es auch“, antwortete Kerstin strahlend. „Ach, Susi, könntest du vielleicht Kaffee kochen? Ich ziehe mich nur schnell an …“

„Lass dir Zeit“, grinste Susi. „Deine Mutter kommt

erst um neun, und ich kann gut allein Kaffee trinken, wenn du noch etwas Wichtiges zu erledigen hast."

Kerstin lächelte ihre Freundin an. „Ich weiß nicht, was ich ohne dich getan hätte", sagte sie. „Ich werde dir das niemals vergessen."

„Das will ich hoffen", entgegnete Susi lachend. „Kann gut sein, dass ich bald darauf zurückgreifen muß. Ich habe vorgestern im *Domicile* einen Typ kennen gelernt ..."

„Au Backe", lachte Kerstin, „jetzt geht das ganze Theater von vorn los! Aber zum Glück habe ich ja meine Erfahrungen mit verrückt spielenden Eltern. Keine Sorge, Susi, ich steh dir bei."

„Das ist prima. Aber jetzt würde ich an deiner Stelle zu Dirk gehen. Der wartet bestimmt schon sehnsüchtig auf dich."

Sie musste Kerstin nicht zweimal auffordern.